Vergissmeinnicht

„Manch einer sagt, Rot sei die Farbe der Liebe. Aber du weißt jetzt, das tiefste Rot hat das menschliche Blut."

Zwei Menschen, deren Liebe ferne Grenzen überwindet. Überwunden durch das geschriebene Wort in Briefen, die sie aufgrund einer gegenseitigen Abmachung schreiben. Vergiss-meinnicht erzählt die Geschichte zweier Liebender, erzählt, wie die Vergangenheit die Gegenwart einholt und wie dies zur mysteriösen Bedrohung ihrer Liebe gemacht wird.

Silja Schießwohl, 1995 geboren, lebt mit ihrer Familie in der Nähe von Stuttgart. Schon von klein auf war ihr Interesse an der deutschen Sprache und Literatur außerordentlich groß. Seit 2009 schreibt sie selbst, darunter Romane, Kurzgeschichten und Gedichte.

Mehr unter: www.siljaschiesswohl.wordpress.com

Silja Schießwohl

V e r g i s s m e i n n i c h t
Ich liebe was mich tötet – Ich töte was ich liebe

Novelle

Bibliografische Information der
Deutschen Nationalbibliothek:
Die Deutsche Nationalbibliothek verzeichnet diese Publikati-
on in der Deutschen Nationalbibliografie; detaillierte bibliografische Daten sind im Internet über http://dnb.dnb.de
abrufbar.

Coverfoto © Jana Sommer
Covergestaltung: in Zusammenarbeit mit Sven Holder

Lektor: Hans-Jürgen Peters
Herstellung und Verlag:
BoD – Books on Demand, Norderstedt

ISBN: 978-3-7347-3804-3

Prolog

Nehme dir eine Nadel, eine Schere, ein Messer oder irgendeinen scharfen Gegenstand zur Hand.

Der Mensch ist verletzlich.

Wenn die scharfe Kante die Haut berührt, diese durchtrennt, langsam zerschneidet wie ein Stück weiche Butter, spürst du den Schmerz und mit ihm die Vergänglichkeit.

Das gesprochene Wort ist ein Pfeil Amors, der dich im Herzen trifft. Schreibe dieses Wort nieder auf einem Stück Papier, und es wird zur schärfsten Waffe.

Schon manch einer soll sich geschnitten haben an den Schärfen dieses Blattes. Es durchtrennt die Zellen.

Manch einer sagt, Rot sei die Farbe der Liebe. Aber du weißt jetzt, das tiefste Rot hat das menschliche Blut.

London, 15. Februar

Meine liebste Cecilia,

schon allein diese drei Worte zu schreiben, erinnert mich daran, wie sehr ich dich liebe. Wie glücklich ich mit dir bin. Es zeigt mir, dass du zu mir gehörst und als sei es der geplante Lauf der Dinge, gehöre ich zu dir.

Weißt du, wie sehr ich dich vermisse? Ich vermisse dich mehr als sonst. Die wundervollen Tage, die wir über Weihnachten und danach an Silvester zusammen verbracht haben, haben mir einmal mehr gezeigt, wie ernst es mir mit dir ist. Wie sehr ich es genieße, die gesamte Zeit mit dir zusammen zu verbringen. Es versüßt mir die Zeit wie nichts anderes.

Ich war mit mir selbst eigentlich immer im Reinen und sehr glücklich mit meinem Leben. Zu wissen, was man erreichen möchte und darauf hinzuarbeiten, garantiert einen gewissen Erfolg. Vielleicht nicht das absolute Glück, aber doch einen gewissen Grad an Zufriedenheit. Doch jetzt weiß ich, dass Zufriedenheit nicht das ist, was man sich als Maxime setzten sollte. Das stellte ich fest, als wir beide anfingen, miteinander auszugehen. Ich merkte, wie gut ich es bereits hatte, überhaupt auf dich getroffen zu sein und gleichzeitig, was mir bis dahin gefehlt hatte.

Du bist die Person, mit der ich meine Hoffnungen

und Träume teilen möchte, mit der ich mein Leben verbringen will.

Du vervollständigst mich, auch wenn wir räumlich voneinander getrennt sind. Ich freue mich schon jetzt darauf, wieder an deiner Seite zu sein – wo ich unumstritten hingehöre.

Die Momente, welche wir in diesen drei Wochen zusammen verbracht haben, diese glücklichen, romantischen und ausgelassenen Momente, werden mir nicht mehr aus dem Kopf gehen. Ich wünschte, das Leben könnte immer so sein.

Trotzdem weiß ich, dass der andere Teil unserer Beziehung für den jetzigen Augenblick genauso dazu gehört. Wir müssen unsere Wege finden und akzeptieren, dass wir diese im Moment noch getrennt voneinander gehen müssen. Die Zeit, bis sich diese kreuzen und wir den restlichen Weg unseres Lebens gemeinsam gehen können, müssen wir versuchen, mit Vorfreude zu füllen.

Ich hoffe dir geht es gut und du verstehst, was ich mit all dem ausdrücken will. Denn nichts stimmt mich ruhiger als zu wissen, dass du es genauso ernst mit mir meinst, wie ich mit dir.

Ich freue mich auf eine schnelle Antwort von dir.

In Liebe
Adam.

Cecilia betrachtete die Briefmarke genau. Oben links war die Ecke ganz leicht umgeknickt. Das Bild, welches darauf gedruckt war, zeigte eine weiße Rose, darüber die schwarzen Spuren der runden Stempel. In seiner geschwungenen Schrift hatte er mit Tinte ihren Namen geschrieben, ihre Adresse. Sie liebte es, wie er ihren Namen schrieb. Sie meinte, darin seine Liebe zu sehen, so wie sie ihre Liebe für ihn spürte, wenn sie seinen Namen im oberen Eck des Umschlages las.

Er hat es also tatsächlich getan, dachte sie, er hat mir tatsächlich geschrieben.

1

Den ganzen Tag über hatte sie seinen Brief in der Handtasche mit sich getragen. Am Morgen hatte sie ihn vorsichtig in das Seitenfach gesteckt, sorgsam darauf bedacht, das geschöpfte Papier nicht zu knicken. Es war ihr wichtig, ihn in seiner ursprünglichen Form zu erhalten. Der Brief sollte ihn widerspiegeln, seine Handschrift, seine Worte und Sätze. Das wollte sie nicht zerstören. Sie wollte den Brief nicht zu etwas machen, das von ihr gezeichnet war. Sie war nur die Empfängerin. Die glückliche Empfängerin, deren Worte erhört worden waren.

Als sie nun nach Hause kam und die schwere, aus Mahagoni gefertigte Wohnungstür hinter ihr ins Schloss rastete, spürte sie wie jeden Abend die Einsamkeit über sich zusammenziehen und je weiter sie in ihre vier Wände eindrang, wie diese zunehmend in sie hineinkroch. Mittlerweile kannte sie das Gefühl nur zu gut. Beinahe jeden Abend überkam es sie, jeden Abend, an dem sie nichts Besonderes vorhatte. Früher gefiel ihr das Alleinsein. Sie hatte immer viel zu tun gehabt, nie hatte ihr der Tag lang genug sein können. Doch die Kilometer, die sie nun wieder von ihm trennten, hinderten sie an diesem Genuss. Die übrige Zeit am

Abend kam ihr immer mehr wie eine große Geduldsprobe vor.

Sie machte sich eine Tasse Tee und überlegte, ob sie etwas kochen sollte. Lust hatte sie keine und Hunger hatte sie sowieso nie. Sie entschied sich dagegen. Ein weiterer Grund war, dass sie es hasste, allein zu essen. Wenn sie allein essen musste, ohne jegliche Gesellschaft und Unterhaltung, fiel es ihr noch schwerer, sich von der Schmackhaftigkeit des Essens zu überzeugen. Die Blicke der anderen trieben sie normalerweise an, etwas auf die Gabel zu nehmen und nach dem Verzehr dessen den Vorgang zu wiederholen. So wie es alle taten. Allein gelang ihr das nicht.

Einen Augenblick lange wurde sie von einer leisen Melancholie erfasst, als sie daran dachte, wie sie zuletzt mit ihm zusammen gegessen hatte. Es war lecker gewesen, in einem kleinen Londoner Restaurant, an einem winzigen Tisch in der Ecke, Kerzen, er hatte ihre Hand gehalten. Das Essen war nur Nebensache gewesen, vielmehr war das Essen der Anlass zu einem schönen gemeinsamen Abend.

Er konnte viel essen. Wenn er einmal angefangen hatte, dauerte es lange, bis er wieder damit aufhörte. Für sie war das verwunderlich und abscheulich zugleich. Doch immer überwog die Verwunderung und aus dieser entwickelte sich gewöhnlich die Bewunderung für ihn.

Sie hatte den ganzen Tag gespielt. Sowohl das Gefühl in ihren Fingerkuppen als auch in ihrem Handrücken war kein Schmerz. Wenn es Schmerz wäre, würde sie sich Vorwürfe machen. Schmerzen würden bedeuten, dass sie über einen längeren Zeitraum hinweg nachlässig gewesen wäre. Das hätte sie nicht mit ihrem Anspruch vereinbaren können. Konsequenz war eine ihrer besten Eigenschaften.

Das Gefühl in ihrer Hand war vielmehr bloße Befriedigung, eine Bestätigung dafür, dass sie heute viel getan und erreicht hatte, dass viel ergiebige Arbeit hinter ihr lag, dass sie es mal wieder geschafft hatte, Technik und Leidenschaft zu vereinen. Es waren keine Schmerzen, dies war ein Zeichen ihres Könnens.

Die Stücke waren ihr heute beinahe zugeflogen. In den Pausen hatte sie für sich gespielt, ohne Notenblätter. Sie hatte nur an den Brief in ihrer Handtasche denken müssen, damit die Inspiration durch ihre Finger hindurch direkt in die Tasten floss und sich die einzelnen Töne zu einem harmonischen Ganzen fügten.

Erst als ihre Schüler vorsichtig, um sie nicht zu stören, in den großen, lichtdurchfluteten Raum traten, hatte sie ein Ende gefunden.

Auch jetzt spürte sie wieder das Verlangen zu spielen. Der Flügel war das Zentrum ihres Wohnzimmers. Vermutlich rührte ihr positives Empfinden für diesen Raum daher. Pechschwarz und in einer enormen Dimension stand er da in dem hellen, weiß gestrichenen Raum.

Als sie an dem reich verzierten Sekretär gegenüber des Sofas Platz nahm, von wo aus sie das Zimmer gut überblicken konnte, streifte ihr Blick den Bilderrahmen.

Ein alter Bilderrahmen, dessen Glas von all den Jahren angelaufen war, stand auf ihrem geliebten Flügel. Schon seit einiger Zeit stand er dort.

Das Bild, welches sich darin befand, konnte sie von ihrer Position am Sekretär aus nicht sehen. Doch das brauchte sie auch nicht. Sehr gut kannte sie jede einzelne der dort abgebildeten Personen.

Dann begann sie zu schreiben.

2

Vier Tage zuvor

Er erinnerte sich noch ganz genau, als habe sie es gerade erst ausgesprochen. Er wusste, dass es rein subjektives Empfinden war, sie war längst abgereist. Trotzdem sah er ihre geweiteten Augen und die unterdrückte Anspannung darin noch genau vor sich, als sie ihre Idee äußerte.

Zuerst hatte er einen Moment überlegen müssen und er hoffte, dass sie ihm diesen Moment des Zögerns nicht als Unschlüssigkeit auslegen würde. Eigentlich hatte er keine Wahl gehabt. Es war ein absurder Vorschlag und zugleich genau das, was er brauchte.

Er sah es als eine Möglichkeit, sich von dem Zwang der dauernden Erreichbarkeit zu lösen. Er hatte es sich angenehm vorgestellt, dass ihm das Vergessen seines Handys dann gleichgültig sein könnte. Sie würde ihm nicht mehr mailen, ihn nicht mehr anrufen. Er könnte seine Konzentration wieder bedingungslos auf das Wichtige lenken, ohne Unterbrechungen und Ablenkungen.

So hatte er es sich vorgestellt.

Doch schon jetzt spürte er die andere Seite. Denn was für ihn galt, galt ebenso für sie. Er durfte sie nicht anrufen, auch nicht, wenn etwas Ereignisreiches passiert war. Das war eine ihrer weiteren Bedingungen gewesen. Ganz oder gar nicht. Nur im absoluten Notfall, wie etwa einem Unfall, war ein Anruf erlaubt. Ebenso hatte sie verlangt, dass er den Anfang machen solle. Warum ihr das so wichtig sei, hatte er gefragt. Weil du mich liebst, hatte sie gesagt.

Er wusste nicht, ob es nur ungewohnt war, nicht andauernd mit ihr in Kontakt zu stehen und es ihm deshalb so schwer fiel, oder ob er für ein solches Experiment nicht gemacht war.
Nur Briefe. Wie es früher war. Die Entfernung nur mit auf Papier geschriebenen Worten überwinden.

Das war ihr Vorschlag gewesen, und er hatte eingewilligt.

Die Leute saßen alle beinahe ausnahmslos gleich da. Eingeklemmt zwischen den kleinen Tischen mit der Auskerbung, die für den Oberkörper Platz bieten sollte. Dicke Menschen sah man dort nicht sitzen. Sie alle waren leicht nach vorne gebeugt, eine ungesunde Haltung mit angespannten Blicken. Einige hatten Bücher vor sich, andere ein paar Blätter oder ein Notebook.

Einer von diesen Leuten mit Notebook hatte sich schon eine Weile nicht mehr geregt. Eigentlich sah er aus wie alle anderen auch. Doch die meisten der anderen tippten fleißig auf ihre Geräte ein. Sie tippten nicht, sie hämmerten.

Nur er nicht. Es sah ihm nicht gleich, normalerweise war er einer der Schnellsten. Einer derjenigen, die am meisten arbeiteten, am schnellsten tippten. Doch heute blieb sein Bildschirm leer.

Als er aus dem Fenster blickte und ihm bewusst wurde, dass sich draußen schon langsam der Abend ausbreitete und die Dunkelheit die Bibliothek umhüllte, hatte er ein schlechtes Gewissen. So gut wie nichts hatte er heute geschafft und es blieben ihm nur noch wenige Wochen bis zur Abgabe.

Er versuchte sich damit zu trösten, dass auch alle anderen einmal mit persönlichen Dingen zu tun hatten, er war nicht der Einzige.

Während die virtuellen Seiten auf seinem Bildschirm leer blieben, füllte er das Textfeld seines Handys mit Worten an sie. Sie antwortete nur wenige Minuten später.

Noch war alles, wie es immer gewesen war.

Im Hinterkopf ließ ihn diese eine Sache einfach nicht los. Er wusste, was es war, hatte es den ganzen Nachmittag lange analysiert.

Er wusste, dass sein erster Brief einen Abschied bedeutete. Einen Abschied von ihrer dauernden, über die vielen Kilometer reichenden Präsenz. Er wollte sie nicht verlieren. Natürlich wusste er, dass es dumm war, so zu denken. Er würde sie nicht verlieren. Jedenfalls nicht mehr, als er es ohnehin jedes Mal tat, wenn sie wieder ging. Den Verlustschmerz kannte er schon sehr gut. Doch sein Verstand war zu klar, um sich von diesem zu sehr beeinflussen zu lassen.

Die Leute, die unmittelbar um ihn herum saßen, blickten erschrocken auf, als er sein Notebook beinahe zuschlug.

Mit schnellen Handgriffen packte er es zusammen, rollte das Kabel auf und verstaute alles in der Tasche.

Die Grübelei sollte nun ein Ende haben. Einen Moment starrte er die leere Tischplatte an, zwang sich zur Besinnung und holte dann das teure Papier heraus, das er schon seit Tage mit sich trug.

Ja, sie hatte Recht. Es war eine gute Sache, eine gute Idee. Er würde es tun, weil er sich weitere Ablenkungen nicht leisten konnte, das hatte ihm dieser Nachmittag einmal mehr bewiesen.

Doch vor allem würde er es aus einem einfachen Grund tun. Er würde es tun, weil er ihr den Gefallen tun wollte, weil er ihr ihren Wunsch nicht ausschlagen konnte.

Weil er sie liebte.

Es war nun schon acht Tage her, dass er den Brief in einen der roten Kästen geworfen hatte. Lange hatte er davor gestanden, hatte noch einen letzten Funken Überzeugung gebraucht, um den sauber zugeklebten Umschlag endgültig ins Schwarze zu werfen. Schließlich hatte er es getan.

Nun wartete er schon seit vier Tagen auf eine Antwort. Eigentlich musste es heute soweit sein.
Er wusste, dass sein Brief genau vier Tage zu ihr gebraucht hatte. Denn genau vier Tage, nachdem er den Brief auf die Reise geschickt hatte, die er am liebsten selbst auf sich genommen hätte, hatte sie den Kontakt einfrieren lassen.
Ab heute konnte er also auf eine Antwort hoffen.

Als er am Abend des achten Tages nach Hause kam und den Briefkasten öffnete, bestätigte sich das, womit er zu rechnen gewagt hatte.

Vier Tage waren seit der Ankunft seines Briefes vergangen.
Vier Tage, und sie hatte ihm sofort geantwortet.

Liebster Adam,

*ich danke dir. Danke, dass du meinem Wunsch nach-
gekommen bist. Natürlich hattest du allen Grund zu
zögern. Es ist außergewöhnlich und fremd, vermutlich
sogar befremdlich. Dein Brief zeigt mir, dass du es
ernst meinst.*

*Natürlich mache ich deine Liebe zu mir nicht an
einem Stück Papier fest, aber du solltest wissen, dass
mir dieses Stück Papier viel bedeutet. Es ist ein Symbol
unserer Liebe, für das Überwinden der Distanz, dafür, dass wir immer wieder beieinander ankommen.*

*Du hast deine Zweifel geäußert und ich habe dir
versichert, dass wir auch diese teilen.*

*Alles hat eine negative Seite. Doch in diesem Fall bitte
ich dich, das Positive zu sehen. So wie ich es auch tue.*

*Du bist weit weg, doch durch deine Worte fühle
ich mich dir sehr nahe. Es ist eine außergewöhnliche
Nähe. Bisher kannte ich sie so noch nicht. Es ist eine
Nähe, in der die Entfernung vibriert und die Liebe
diese ruhig stellt.*

*Gemeinsam werden diese zwei Komponenten zu eben
dieser Nähe, zu Intimität. Es ist absurd, und ich liebe
es. Weil ich dich liebe, Adam.*

*Wir haben eine lange Zeit vor uns. Eine lange
Zeit, die wir getrennt voneinander verbringen müssen.*

Du musst deine Arbeit beenden, dann steht uns alles offen. Wenn du fertig bist, wenn die Leute dich mit Doktor anreden werden, ist unsere Zeit.

Nach den zwei gemeinsamen Wochen über Neujahr mit dir ist es mir ungewöhnlich schwer gefallen, dich zurück zu lassen.

Meine Arbeit hat mir geholfen, wieder in den Alltag zurück zu finden. Zurück zu mir selbst, zu der Frau, die ich für dich sein will.

Ich hoffe, du kommst gut voran. Je besser und effektiver du arbeitest, desto schneller können wir die Briefe als eine schöne Erinnerung hinter uns lassen. Denke daran. Denke an mich und erinnere dich an jeden gemeinsamen Moment aus der Vergangenheit.

In Liebe, Cecilia

3

Sie wusste nicht mehr, wann sie den Entschluss gefasst hatte. Sie wusste auch nicht mehr, wann der Gedanke begann, in ihr aufzukeimen. Plötzlich war er da, unaufhaltsam. Immer mehr Platz hatte er in ihrem zierlichen Kopf eingenommen. Vielleicht hätte sie am Anfang noch dagegen kämpfen können, wenn sie denn gewollt hätte. Aber dazu war es nie gekommen.

Sofort hatte sie sich mit der Idee identifiziert. Dann war es mehr als die Identifikation geworden. Nun war sie infiziert. Sie war befallen, und der Virus drang immer tiefer in sie ein.

Vielleicht hätte er sie heilen können. Sie war sich sicher, dass er es geschafft hätte, sie zu befreien. Doch er hatte es nie versucht. Stattdessen hatte er eingewilligt.

Mehrmals am Tag beruhigte sie sich mit dem Gedanken, dass er selbst die Wahl gehabt hatte. Sie hatte ihm die Wahl gelassen und er hatte entschieden.

Immer wieder sagte sie sich, dass das der normale Lauf des Lebens sei. Jeder traf jeden Tag unzählige Entscheidungen.

Die Briefe waren eine davon gewesen.

Der Tag, an dem sein zweiter Brief bei ihr ankam, war ein guter Tag. Der Brief bestätigte ihr, dass er immer noch an ihrem Vorschlag festhielt.

Cecilia,

Deine Worte berühren mich zutiefst. Natürlich meine ich es ernst mit dir! In der Beziehung zwischen dir und mir, in der ganzen Nähe, in der Zeit, die wir gemeinsam verbringen, die Worte, die wir wechseln, die gemeinsamen Momente, in all dem liegt mehr Ernst und Liebe, als ich je einer anderen Person entgegengebracht habe.

Jedes Mal, wenn ich dich in meine Arme schließen kann, weiß ich, ich habe die richtige Entscheidung getroffen. Weißt du noch, wie schwer es uns damals gefallen ist? Weißt du noch, wie wir Tage und Nächte lang das Für und Wider abgewogen hatten? Cecilia, unsere Begegnung, die schließlich zu dieser alles übertrumpfenden Liebe führte, mag vielleicht nicht den besten aller Zeitpunkte getroffen haben. Wir wissen beide, was es für uns bedeutete, trotzdem so mutig zu sein und uns aufeinander einzulassen. Ich kann nur für mich selbst mit Gewissheit sprechen, dass es schwer ist, durch Hunderte von Kilometern von dir getrennt zu sein, über Ländergrenzen hinweg. Und trotzdem bin ich mir dir so sicher, wie ich es niemals in meinem Leben war.

Die Zeit hier vergeht ohne dich nur sehr langsam. Es gibt Tage, an denen es einigermaßen erträglich ist. Das sind Tage, an denen ich viel zu tun habe, an denen ich andere Menschen um mich herum habe.

Das lenkt ab. Die anderen Tage jedoch, wenn ich allein bin und meine einzige Beschäftigung das Niederschreiben der neuen Erkenntnisse ist, ist es kaum auszuhalten. Manchmal schaue ich aus meinem kleinen Fenster und stelle mir vor, was du gerade machst. Dann scheint es fast so, als könnte ich dich sehen. Weißt du, ich habe dich dann ganz genau vor mir.

Cecilia, meine Liebste, es gibt Tage, an denen mich eine Angst um dich befällt. Ich bin so weit weg, es ist mir nicht möglich, dich zu beschützen, für dich jeder Zeit da zu sein. Natürlich weiß ich, dass du auch vor unserer gemeinsamen Zeit allein zu recht kamst. Trotzdem wäre ich am liebsten jede Minute an deiner Seite. Es ist nicht gut, es auszusprechen, das weiß ich, aber ich würde es nicht ertragen, wenn dir etwas zustoßen würde.

Ich vermisse dich schrecklich. Was die Briefe angeht, hattest du Recht. Ich fühle mich dir auch sehr nahe durch die geschriebenen Worte. Es ist ein gutes Gefühl. Aber fällt es dir nicht auch so schwer, dass wir nicht reden? Natürlich hat es seinen Reiz, nur das geschriebene Wort voneinander zu haben. Trotzdem fehlt mir deine Stimme.

Meine Arbeit geht gut voran. Weißt du, langsam sehe ich Licht am Ende des Tunnels. Es wird nicht mehr allzu lange dauern. Cecilia, ich freue mich so sehr darauf, dir wieder gegenüber zu stehen. Nicht

nur in meiner täglichen Vorstellung, nein, in der Realität. Ich sehne mich so sehr nach deinen Lippen, dem süßen Duft deiner Haut.
Du sollst wissen, dass kaum eine Minute vergeht, ohne dass meine Gedanken zu dir schweifen.

Ich liebe Dich.
Dein Adam

Cecilia hatte seine Zweifel, die in den Worten mitschwangen, sehr wohl zur Kenntnis genommen. Doch sie fühlte sich frei, sie wusste, dass alles Weitere in ihrer Hand lag. Mit den leisen Zweifeln wollte sie sich nicht aufhalten, diese waren sicherlich leicht zu beseitigen. Seine Worte beflügelten sie. Nun war sie selbst wieder an der Reihe zu schreiben. Die Kontinuität und die klaren Regeln gefielen ihr. Sie war sich sicher, dass er immer schreiben würde, wenn er an der Reihe war. Er war nicht wie die anderen Männer, die sie kannte. Sie war sich seiner Liebe sicher und doch fragte sie sich immer wieder, ob das genügte.

Das talentierte Mädchen mit dem aufwendig geflochtenen Zopf, welcher dann zu einem ordentlichen Dutt hochgesteckt worden war, saß auf dem für sie riesig erscheinenden Klavierhocker. Die junge Schülerin spielte eine sehr schwere Komposition und sie spielte sie brillant für ihr Alter. Cecilia liebte es, das Mädchen zu unterrichten. Mit seinen sieben Jahren erinnerte es sie an sich selbst in diesem Alter. Schon immer hatte sie den gleichen Ehrgeiz gehabt.

Das Kind spielte die Komposition schon seit längerem. Ihre Lehrerin hatte ein gutes Gespür dafür, welche Melodien, Lieder und Werke in den jeweiligen Tag, in die jeweilige Unterrichtsstunde passten.

Ihr Gefühl hatte sie auch heute nicht getäuscht. Sie spürte die Perfektion. Die Perfektion ihrer Auswahl ebenso wie das Streben des jungen Mädchens nach eben dieser Perfektion.

Cecilia verstand die Spieler nicht, die darauf beharrten, dass erst eine gewisse Abweichung von den auf dem Papier gedruckten Noten das Spiel aus machte. Das Wort Improvisation würden ihre Schüler nie aus ihrem Mund hören. Die Perfektion war es, die jeder anzustreben hatte.

Das Mädchen lernte so schnell wie nur wenige. Sie übte viel und konnte das Verlangte schnell umsetzen.

Es gab ein harmonisches Bild ab, wie die junge Frau und das junge Mädchen nebeneinander am Flügel saßen. Der große Raum ließ beide noch zerbrechlicher wirken, als sie es ohnehin schon waren.

Nach einer Weile, während der sich Cecilia mit ihrem geschulten Gehör versichert hatte, dass das Mädchen in das Spiel hinein gefunden hatte, erhob sie sich. Mit bedächtigen Schritten ging sie zu der großen Fensterfront gegenüber. Die Melodie erfüllte weiterhin den Raum und trug Cecilias Gedanken weit weg. Es war die gleiche Melodie, welche sie selbst vor rund zwanzig Jahren gelernt hatte zu spielen. Ihr Blick war auf den kleinen Blumenladen an der Ecke unter ihr gerichtet, ihre Gedanken dagegen waren weit im Norden.

Sobald sie zu Hause war, würde sie ihm schreiben und vielleicht sogar eine Kleinigkeit mitschicken.

Der kaum hörbare Fehler ihrer Schülerin holte sie jedoch sofort aus der Ferne zurück. Sie spürte selbst, dass ihre Reaktion nicht angemessen war. Es war nur ein kleiner Fehler gewesen. Doch das scharfe Luftholen und das Zusammenpressen ihres Kiefers ließen sich nun nicht mehr rückgängig machen und war ihrer kleinen Schülerin nicht entgangen. Plötzlich war es ganz still im Raum gewesen, eine erdrückende Stille. Die zarten Finger des Mädchens lagen nun wie versteinert auf den Tasten.

Der Fehler im Spiel war für Cecilia eindeutig gewesen, fast als hätte sie auf diesen gewartet, egal wie weit sie auch weg gewesen war.

Das Stück war nicht einfach und an dieser Stelle, an der das Spiel abbrach, besonders schwer. Die Kleine tat ihr Leid und trotzdem brachte sie es nicht über sich, ihr zu erklären, dass es ihr selbst anfangs beim Üben dieses Stückes nicht anders ergangen war.

An genau der gleichen Stelle war auch sie zu Beginn immer hängen geblieben. Doch Cecilia brachte keine beschwichtigenden Worte über die Lippen. Erneut war sie abgetaucht in die Tiefen der Vergangenheit

4

Mein liebster Adam,

Danke für deine schnelle Antwort. Ich freue mich so sehr, wenn ich wieder Post von dir in den Händen halte, es ist unbeschreiblich. Ich lebe für deine Briefe.

Mir geht es nicht schlecht. Ich komme alleine zurecht. Es war schon immer schwer, von dir getrennt zu sein. Doch mit jedem Tag, den wir getrennt verbringen, rückt der Tag, von dem an wir den Rest unseres Lebens zusammen sein werden, näher. Lass uns daran festhalten. Du weißt, was es mir bedeutet, diese Briefe zu schreiben. Diese Art der Kommunikation lässt unsere Liebe gedeihen, sie wird immer größer werden. Wir brauchen das, es tut unserer Liebe gut.

Es ist nicht leicht, ich gebe dir recht. Ich vermisse deine Stimme. Nein, ich vermisse einfach alles von dir.

Heute ist mir etwas Seltsames passiert. Erinnerst du dich an meine Lieblingsschülerin? Das kleine Mädchen mit dem Haar wie Seide? Sie spielte heute ein sehr schweres Stück. Sie spielte es nahezu perfekt, bis zu der schwersten Stelle, diese schaffte sie nicht. Das Kuriose daran ist, dass ich mich noch genau daran erinnere, als ich das Stück das erste Mal spielte. Mir erging es genauso wie ihr, an exakt derselben Stelle. Ich habe das Gefühl, dass sie mir sehr ähnlich ist. Manchmal macht mir diese Ähnlichkeit ein wenig Angst. Wenn ihre Mutter sie dann abholt, nimmt sie diese Angst mit. Dann ist alles wie immer. Dann spüre ich nur die Zuneigung.

Adam, ohne dich kommen mir viele Dinge absurd vor. Aber keine Sorge, Liebster, ich komme zurecht. Du kennst mich.

Kannst du mir in deinem nächsten Brief von deiner Arbeit erzählen? Ich möchte gerne daran teilhaben. Ich hoffe, dir gefällt die mitgeschickte Kleinigkeit.

In Liebe,
Cecilia

Er hatte zuerst den Brief gelesen. Nun entfernte er die Plastiktüte, welche einen Gegenstand umhüllte. Das kleine Päckchen hatte er sofort geöffnet. Oben, auf der Plastiktüte, hatte der Brief gelegen. Jetzt, als die Plastiktüte entfernt war, drang ihm ein unangenehm moderiger Geruch in die Nase. Etwas Erde lag im Karton und in den Händen hielt er eine verwelkte Pflanze. Er konnte nicht genau erkennen, was es für eine Pflanze war. Eindeutig konnte er nur sehen, dass sie bläuliche Blüten hatte. Warum hatte Cecilia ihm eine Pflanze geschickt? War ihr nicht klar gewesen, dass diese bitter eingehen würde, bis sie ihn erreichte? Er fragte sich, ob es ihr vielleicht egal war, dass es ihr nur um die Geste ging.

Er hatte keine Zeit, weiter darüber nach zu grübeln, der Professor erwartete ihn. In Eile packte er seine Tasche zusammen, zog sich seinen Mantel über und ließ alles andere einfach liegen. Auch an den Gestank, der ihn am Abend erwarten würde, verschwendete er keinen weiteren Gedanken.

Später saß er dem Professor gegenüber, sie sprachen über verschiedene Aspekte seiner Arbeit, eigentlich waren sie sehr vertieft. Eine Diskussion unter Fachleuten. Adam hörte aufmerksam zu, er wusste, er war noch lange nicht an der Grenze angekommen. Es gab noch so viel zu erforschen, noch so viel zu lernen. So viele Krankheiten waren noch unheilbar, er wollte einer derer sein, die die Welt ein bisschen besser machten. Er machte sich nichts vor, er alleine konnte kaum etwas ausrichten, doch er konnte ein Teil des Ganzen sein und sein Bestes geben.

Seine Doktorarbeit würde ihm die nötige Anerkennung verschaffen, die er in seinem Beruf als Arzt brauchte.

Er hatte sich vorgenommen, alles dafür zu geben, dass diese Arbeit gut würde. Der Anspruch, den er an sich selbst gestellt hatte, war hoch. Er wusste, wenn er diesem nun noch gerecht werden wollte, galt es, sich anzustrengen. Cecilia nahm mehr von ihm Besitz, als er es sich je hatte vorstellen können.

Der Professor machte in seinem Manuskript die eine oder andere Anmerkung und sprach noch immer weiter, als die verwelkte Pflanze wieder vor Adams Auge auftauchte. Ohne darüber nachgedacht zu haben wusste er plötzlich, was es für eine Pflanze war. Cecilia hatte ihm ein Vergissmeinnicht geschickt.

Man sah dem jungen Mann das Zögern deutlich an, als er sich dem kleinen Haus mit dem winzigen Vorgarten nährte. Er war schon länger nicht mehr dort gewesen und eigentlich war auch nun keine Zeit, eigentlich konnte er es sich nicht leisten, seine kostbare Zeit mit etwas Derartigem zu verbringen.

Er wusste nicht, in welcher Verfassung er seinen Vater antreffen würde. Früher einmal, als seine Mutter noch an seiner Seite gewesen war, war er ein starker Mann gewesen. Was er heute war, das wusste selbst Adam nicht. Manchmal war er dieser starke Mann von damals, aber viel häufiger war er ein einsamer Mann. Ein Mann, dem der Verlust den Kragen immer enger geschnürt hatte. Adam wusste, dass sein Vater bisher noch ein paar Finger zwischen Strick und Haut hatte. Bisher konnte er sich mit diesem Gedanken von den Sorgen um ihn befreien. Doch schon mit diesem Besuch könnte es sich ändern.

Vermutlich hatte er es deshalb so lange vermieden, wieder dorthin zu kommen. Doch an diesem Tag hatte er einen Grund, das spärliche Gartentor auf zu zerren und erneut auf die wackelige Betonplatte vor dem Haus zu treten, um zur Tür zu gelangen.

Die beiden Männer verfielen in ein lockeres Gespräch. Adam war überrascht. Er vermutete zwar, dass sein Vater ihm teilweise etwas vormachte, doch ihm schien es wohl nicht schlecht zu gehen.

Der Kaffee war dünn und Adam schüttete ihn hinunter wie Wasser. Vier Tassen trank er, während er immer wieder versuchte, die Situation einzuschätzen. Sein Vater plauderte und betonte mehrmals, wie sehr er sich über den kurzen Besuch freue. Er erkundigte sich auch nach Adam und seiner Arbeit, was er in der Vergangenheit nie getan hatte. Erst als Adam die fünfte Tasse geleert und sein Vater sich erhoben hatte, um neues Wasser aufzusetzen, war er dazu in der Lage, sein wahres Anliegen zu äußern.

Er sagte es gerade raus und ohne jegliche Umschreibung. Sein Vater hatte Cecilia einmal gesehen. Adam glaubte, dass er sie gemocht hatte. Doch es gab eine Sache, die Cecilia als Schwiegertochter in den Augen seines Vaters zur Problematik werden ließ. Cecilia war Französin, und auch wenn sie fließend und akzentfrei Englisch sprach, so sah man es doch ganz deutlich. Allein die Art, wie sie sich ausdrückt und bewegt, ihr Haar, ihre Stimme, der Blick. Alles, worin Adam sich verliebt hatte, war der Abgrund für seinen Vater. Alles, was er an Adams Mutter geliebt hatte, sah er in Cecilia wieder und wusste zugleich, dass er seine Frau nie wieder sehen würde.

Trotzdem gab er Adam das kleine Kästchen. Ohne ein Wort legte er es in die Mitte des Tisches, nachdem er für ein paar Minuten in den Tiefen des kleinen Hauses verschwunden gewesen war.

5

Es war ein Sonntag und Cecilia hatte nichts zu tun an diesem Tag, erst am Abend hatte sie einen kleinen Auftritt. Es war nichts Großes, sie wollte davor lediglich die Stücke nochmals durchgehen. Also hatte sie den Tag frei.

Tage, die sie mit einem „frei" betiteln konnte, waren Tage, die sie nicht sonderlich mochte. Eigentlich hatte sie an solchen Tagen auch nichts anderes zu tun als zu spielen. Das war es, was sie erfüllte. Doch manchmal fühlte sie sich schlecht, dann zwang sie sich, etwas anders zu tun. Dieses negative Gefühl rührte nicht daher, dass sie des Spielens überdrüssig wurde. Nein, vielmehr kam es aus ihrem Kopf. Es war eine Stimme, die ihr sagte, dass normale Leute so nicht seien. Normale Leute machten nicht sieben Tage die Woche dasselbe. Das waren die Gedanken, die Cecilia dazu trieben, etwas anderes zu machen. Doch sobald sie mit dieser anderen Sache begonnen hatte, fragte sie sich, ob sie denn so sein wollte wie die anderen Leute.

Sie beschloss, dass sie einige Dinge im Haushalt erledigen könne und begann damit, nachdem sie die Notenblätter für den Abend sortiert hatte. Ihr lag die Hausarbeit nicht sonderlich, sie stellte sich ungeschickt an, oftmals ging etwas zu Bruch. Deshalb bemühte sie sich, alles so ordentlich und sauber wie nur möglich zu halten, was ihr leicht fiel, sie verabscheute Unordnung und Dreck.

Mit einem feinen Tuch wischte sie alle Oberflächen ab, sorgsam drauf bedacht, nichts umzustoßen. Es war ein seltsames Bild, wie die zierliche, fast zerbrechlich wirkende Frau durch den Raum ging und mit zu langsamen und zu bedachten Bewegungen jede Kleinigkeit reinigte.

Als das Glas des Bilderrahmens auf dem Boden in alle Richtungen zersprang, schien es keine Reaktion seitens der Frau zu geben. Plötzlich schien nicht sie zerbrechlich, vielmehr war sie es, die die Dinge in der Hand hatte und sie zu Bruch brachte. Der Bilderrahmen war ihr einfach aus den Händen geglitten. Nun stand sie da, mit leeren Händen, den Blick auf den Boden gerichtet.

Nachdem die Glasscherben auf dem Boden zur Ruhe gekommen waren, erfüllte Stille den Raum. Die Stille tat weh in den Ohren, für einen kurzen Moment verlor Cecilia die Beherrschung, schloss ihre dünnen Lider, nur um sie danach umso heftiger wieder aufzureißen. Der Schwindel befiel sie immer wieder. Meist reichte es, wenn sie sich für einen Moment setzte oder auch nur einen Gegenstand zu fassen bekam, den sie für ein paar Sekunden umklammern konnte, bis sie ihre Sinne wieder beisammen hatte.

Sie musste wohl gedacht haben, dass es nur ein kurzer Moment der Schwäche gewesen war. Doch sie hatte sich getäuscht. Denn noch im gleichen Moment, in dem sie die Augen aufgerissen und ihr beherrschter Blick sich immer mehr ins Gegenteil verwandelt hatte, verlor sie das Gleichgewicht und sank hinunter zu Boden. Dort lag sie, weich gebettet auf den Scherben aus Glas.

Ihre Finger waren träge, das Spiel schwerfällig. Sie spürte, dass sie schlecht war. Es machte sie wütend und diese Wut machte sie noch schlechter. Dieser Abend war ein Teufelskreis, aus dem sie nicht fliehen konnte, solange sie auf der kleinen Bühne stand. Cecilia war kein Mensch, der versuchte, aus allem etwas Positives zu ziehen. Sie malte schwarz, wo man schwarzmalen musste. Dieser Abend, nein, der ganze Tag war ein Desaster gewesen, daran konnte auch die Tatsache nichts ändern, dass dieser Auftritt völlig bedeutungslos war. Nur eine Gelegenheit, um etwas Geld hereinzubringen, das sie eigentlich nicht brauchte. Sie war nur hier, weil sie den Gedanken liebte, vom Spielen leben zu können.

Ihr Kopf schmerzte und die Haut ihrer Handflächen spannte sich über den Knochen und drohte zu reißen. Eigentlich war es unerträglich, doch Cecilia versuchte den Schmerz für ihr Spiel zu nutzen. Leidenschaft konnte auch wehtun. Das wusste sie.

Nachdem sie sich verbeugt und sich ein kleines Lächeln abgerungen hatte, verließ sie mit zittrigen Knien die Bühne. Hinter dem schweren Vorhang aus blauer Seide blieb sie stehen und betrachtete ihr Spiegelbild in der Scheibe gegenüber. Die gesamte rechte Seite ihres Gesichtes war mit unterschiedlich großen, rot unterlaufenen Schnitten übersät. Sie betrachtete ihre Handflächen, die Schnitte hier hatten erneut angefangen zu bluten. Bis Cecilia es merkte, lief das Blut schon an ihren Fingerkuppen hinab und tropfte auf den Boden. Sie eilte auf die Damentoilette, hielt ihre Hände unter den kalten Wasserstrahl. Sie wünschte sich nichts sehnlicher als sich in seine Arme fallen lassen zu können und wusste zugleich, dass diesem Gedanken nachzugeben ein schlimmes Verhängnis für sie bedeuten würde.

Cecilia,

ich weiß, dass du alleine zu Recht kommst, du bist eine starke Frau. Und ich weiß auch, dass mit jedem Tag, den wir auf diese Art hinter uns bringen, die anderen Tage, die wir zusammen verbringen, näher rücken. Das sind die zwei Tatsachen, die mich beruhigen, zumindest einigermaßen.

Ich denke ununterbrochen an dich und erwarte deine Briefe ebenso wie du meine erwartest und dich freust, wenn du wieder einen in den Händen hältst. Wenn ich die Bögen beschriebenen Papiers aus dem Umschlag nehme, ist es, als würde ein Stück von dir hier bei mir in meinen Händen liegen. Nicht von dir als Person, nichts Körperliches. Es ist vielmehr seelisch. Cecilia, du weißt, was ich meine, ich brauche es dir nicht zu beschreiben, bestimmt geht es dir genauso.

Du hast von dem Mädchen erzählt. Ja, ich kann mich noch an sie erinnern, ich meine, sie sogar schon einmal gesehen zu haben. Damals, als ich dich abgeholt hatte, erinnerst du dich? Danach sind wir noch ins Kino gegangen, in diesen Film, der eigentlich eher für Kinder war, wie sich später herausgestellt hatte. Ich kann mich noch gut erinnern. An diesen Abend, aber natürlich auch an das Mädchen. Sie hat großartig gespielt, was vermutlich auf das Können ihrer Lehrerin zurückzuführen ist.

Das, was du beschreibst, hört sich mit deinen Worten mystisch an. Aber Cecilia, es scheint mir ganz normal, dass bei einem Stück von solchem Schwierigkeitsgrad Fehler passieren und diese eben bei verschiedenen Spielern an den gleichen Stelle passieren können ebenso.

Bist du viel allein? Ich habe das Gefühl, dass du viel über die Dinge nachdenkst. Bitte, vergiss nicht, unter Leute zu gehen. Ich kenne dich, du musst reden und deine Gedanken teilen, Liebes. Auch wenn es dir schwerfällt, tu es wenigstens mir zuliebe.

Meine Arbeit geht gut voran. Jeder Tag, an dem ich mich mit den medizinischen Themen befasse, erscheint mir wie ein Tag in einer völlig anderen Welt. Es ist eine Welt, in der ich ohne dich lebe. Zum einen erschwert es mir die Arbeit, zum anderen macht es sie leichter. Alles hat zwei Seiten.
Die letzte Phase ist erreicht.

Ich freue mich darauf, von dir zu hören.

In Liebe
Adam

P.S.: Was hat es mit dem Vergissmeinnicht auf sich?

Adam setzte den Stift ab. Eigentlich hatte er noch mehr schreiben wollen. Eigentlich hatte er vorgehabt, es diesmal zu tun. Doch immer wieder kam diese Angst. Die Angst vor ihrer Reaktion. Er konnte es sich eigentlich nicht vorstellen, doch er kannte Cecilia gut und wusste, dass sie ihren eigenen Kopf hatte, den er manchmal bis heute nicht verstand. Sowieso war es verrückt, was er vorhatte. Er zweifelte an seinem Vorhaben und wusste zugleich, dass er es schlussendlich unabhängig von Absurdität und Angst vor Enttäuschung durchführen würde.

Vielleicht hatte er diesmal noch nicht den nötigen Mut. Doch die Entscheidung war schon lange gefallen.

6

Die zwei Männer liefen den breiten Weg entlang, der sich fünfzig Meter weiter gabelte. Man sah, dass sie sich nicht einig waren, wohin es gehen sollte. Der eine schien nach rechts zu driften, während der andere ihn in die entgegengesetzte Richtung lenken wollte. Sie blieben stehen, diskutierten und entschieden sich für die schmale Gasse, die links abging. Einer der beiden wirkte nicht einig mit der Wahl, hatte sich aber schon ein paar Schritte weiter damit abgefunden, seine Gesichtszüge nahmen wieder den für ihn normalen Ausdruck an.

Im aufeinander angepassten Tempo, der eine war deutlich sportlicher als sein Begleiter, liefen sie nebeneinander her, sie hatten das Gespräch wieder aufgenommen.

Normalerweise war Adam nicht einer dieser Leute, die ihren Freunden viel von sich erzählten. Er hatte seinen Freundeskreis und versuchte, seine Freundschaften so gut es ging zu pflegen, und trotzdem wussten seine Freunde, egal, wie lange sie ihn nun schon kannten, nur wenig über ihn. Keinen störte das, sie kannten ihn. Viel lieber hörte er den Gesprächen um sich herum zu. John kannte ihn gut und wusste genau, wann sein bester Freund anfing, die Leute um sich herum psychologisch zu analysieren und in ihren Worten nach ihrer Persönlichkeit zu forschen. Auch wenn die beiden Männer kaum unterschiedlicher sein könnten, verband sie nun schon eine langjährige Freundschaft, welche jedoch an zugigen Abenden wie diesem einiges auszuhalten hatte.

Adam trug den Brief noch immer in der Innentasche seines Mantels. Er hatte darauf bestanden, diese Straße entlang zu gehen, er wollte den Brief am Ende der Straße noch in den Briefkasten werfen. Cecilia sollte nicht warten müssen. John hatte für diesen Umweg nur wenig Verständnis gezeigt.

Als sie den roten Kasten erreicht hatten, steckte Adam den Brief zügig hinein. Er hatte nur wenig Lust, John Frage und Antwort zu stehen.
Doch schon als er den Brief losgelassen hatte und dieser leise in die schwarze Tiefe hinunter segelte, sah er an dem Blick seines Freundes, dass er keine Chance hatte, um eine Erklärung herum zu kommen.

Die beiden Männer hatten einen Platz in einer der hinteren Ecken des überfüllten Raumes ergattert. Die Lautstärke hielt John nicht davon ab, Adam die Antworten zu entlocken, auf die er brannte. Erst nach dem zweiten Whiskey lockerte sich Adams

Zunge allmählich, die Spannung der vergangenen Arbeitstage schien sich langsam zu lösen.

Wir schreiben Briefe. Er wartete die Antwort seines Freundes ab, auch wenn er schon wusste, was dieser dazu zu sagen hatte.

Briefe? In welcher Zeit leben wir denn? Hab ich etwas verpasst oder bist du derjenige, der hier etwas hinterher ist?

Sie wollte es so.

Du konntest es ihr also nicht ausschlagen? Wer kommt denn auf eine solche Idee?

Adam wusste, dass John es nicht verstehen würde. Oder nicht wollte.

Ich wollte es auch.

Weißt du, was du stattdessen lieber wollen solltest? Eine normale Frau in deinem Bett, mit der man normal Spaß haben kann. Nicht so eine Romeo und Julia Romanze.

Normal? Cecilia ist normal.

Cecilia ist so ziemlich die unnormalste Frau, die ich kenne. Und ich kenne viele, das weißt du.

Johns Lachen wurde von dem Stimmengewirr verschluckt. Dann erhob er seine Stimme, so dass Adam ihn deutlich verstehen konnte. Was findest du an ihr?

Adam wusste nicht, was er antworten sollte. Er hatte keine Lust, sich zu rechtfertigen. Er schwieg.

Schlecht sieht sie ja nicht aus, da kann ich dir nichts vorhalten. Sag mal, sind alle französischen Frauen so komisch?

Adam setzte sein Glas an die Lippen an, leerte es in einem Zug und verließ den Pub. Für heute war es genug.

Draußen hielt er einen Moment inne und ließ sich die Worte seines besten Freundes noch einmal durch den Kopf gehen.

Nein, französische Frauen sind nicht komisch. Französische Frauen sind die, denen sein Herz gehörte.

Als er die Straße zurück in Richtung Tube ging, kam ihm das Gewicht des viereckigen Kästchens in seiner Hosentasche plötzlich viel schwerer vor.

Eigentlich hatte er vorgehabt, es John heute zu sagen und ihm den Ring seiner Mutter zu zeigen.

Vielleicht war es besser so gewesen. Vielleicht war es besser, wenn niemand außer ihm und seinem Vater etwas von seinem geplanten Antrag wusste.

7

Die junge Frau hatte sich in das Laken gehüllt, das
seidig glänzende Haar hob sich trotz der Dunkelheit deutlich vom Weiß des Kopfkissens ab. Eine
Weile saß sie einfach nur da und hielt dabei den
ungeöffneten Brief in den Händen. Das Fenster war
einen Spalt breit geöffnet, draußen ging ein zugiger
Wind. Das Licht des Halbmondes machte den we-
henden Vorhang zu einem Schattenspiel. In ab-
wechselnd sinnlichen und aggressiven Wellen wehte
er ins Zimmer, ein stetiger Wechsel zwischen Weiß
und Schwarz, Licht und Schatten.

Die Gestalt im Bett, nur als Silhouette im Licht
des Mondes ersichtlich, starrte lange nur auf den
Umschlag, ohne Anstalten des Öffnens zu machen.
Schließlich flackerte ein kleines Licht auf, das gerade so hell war, dass Cecilia die mit Tinte geschriebenen Buchstaben auf dem Umschlag erkennen
konnte. Dann hielt sie es nicht aus, noch länger zu
verharren.

Manchmal schaffte sie es, es noch länger hinaus
zu zögern. In den Minuten oder sogar Stunden
davor stellte sie sich vor, was auf dem Papier stehen
würde. In Gedanken malte sie sich aus, was er ihr
schreiben würde. Das Verhalten zeigte ihre Abhän-

gigkeit, dessen war sie sich ärgerlich bewusst. Sie wollte den Moment voll auskosten und strafte sich selbst mit Warten. Warten auf den perfekten Moment zum Öffnen, ein Warten, das Spannung aufbaute und zugleich befriedigte.

Nun überkam sie die Gier. Die Gier nach seinen Formulierungen, seiner Schrift, seinen Worten. Nach dem, was er ihr zu sagen hatte. Alles wollte sie hören. Und sie hielt es keine Sekunde länger aus.

Ihre eigentlich so sicheren Hände, in ihren Augen die wichtigsten ihrer Glieder, begannen zu zittern. Hatte sie dieses Mal den Bogen überspannt?

Die Stille des dunklen Raumes wurde durch das Aufreißen des Umschlages zerrissen. Im selben Moment entfuhr Cecilia ein lautes Zischen durch zusammengebissene Zähne. Der Finger, den sie sich am scharfen Papier des Umschlages geschnitten hatte, fuhr automatisch zu ihrem Mund. Blutgeschmack.

Mit Daumen und Mittelfinger drückte sie von links und rechts auf den schmerzenden Zeigefinger, in der Hoffnung, so das brennende Gefühl zu unterdrücken. Selbst in dem trüben Licht erkannte sie die dunkelroten Bluttropfen. Noch bevor sie Zeit zu reagieren hatte, tropfte es auf den Briefbogen.

Es schien die junge Frau nicht zu kümmern. Sie wollte es nicht bemerken, dass die kleine Schnittwunde tiefer war, als sie dachte. Sie wollte sich nicht schon wieder mit dem Gedanken an eine Wunde und an Schmerz beschäftigen. Cecilia hasste Schmerzen. Sie wusste, dass sie, was ihren Körper anging, genauso zerbrechlich war, wie es ihre Mutter schon immer ängstlich geäußert hatte. Und auch wenn sie die warnenden und tadelnden Worte ihrer Mutter nie hören wollte, so wusste sie doch, dass diese Recht hatte und Recht behielt. Cecilia hatte nicht das Glück, mit einem robusten Körper gesegnet zu sein. Sie verletzte sich oft. Als Kind ebenso wie heute. Schon der kleinste Ausrutscher konnte an ihrem Körper großen Schaden anrichten. Sie war es leid, sich mit diesem zu beschäftigen. Sie war es leid, sich um das Leiden ihres Körpers zu kümmern. Psychisch hatte sie schon längst gelernt, mit den Schmerzen umzugehen. Sie spürte sie immer noch genauso deutlich wie eh und je. Doch die Tränen, die sie früher bei jeder kleinsten Verletzung vergossen hatte, waren aufgebraucht.

Im dämmrigen Licht saß diese zarte Person, ihre Haut durchscheinend und fahl. Fast sah es so aus, als schiene das Licht durch sie hindurch. Die einzige Bewegung, die zu registrieren war, war die schnelle Bewegung ihrer grünen Pupillen, während sie seinen Brief las.

Er sprach genau das an, von dem sie selbst wusste, dass es falsch war. Das Alleinsein, das Abschotten. Sie wollte nicht, dass er ihre Schwächen sah, doch zugleich berührte es sie. Er sorgte sich um sie. Ein Lächeln erschien auf ihren Lippen. Die Gewissheit, dass er von dort, wo er war, nicht über ihr Leben bestimmen konnte, erfüllte sie mit Sicherheit. Die Briefe waren das einzige Mittel, mit dem er Einfluss auf ihr Leben nahm. Diesen Einfluss gewährte sie ihm gerne. Diesen Einfluss brauchte sie. Doch nie wieder wollte sie in Abhängigkeit verfallen. Diese Abhängigkeit war für sie wie das Sicherungsseil in den Berggipfeln. Vorerst erscheint es sicher und notwendig, um überleben zu können. Doch je höher man mithilfe dieser Abhängigkeit klettert, desto dünner wird die Luft. Irgendwann fehlt der Sauerstoff und plötzlich, als hätte es keine Warnung gegeben, hängt man in der dünnen Luft, das Sicherungsseil um den Hals geschlungen. Das hatte sie schmerzlich erfahren müssen.

Cecilia hatte das Licht schon ausgeschaltet. Es lag ein anstrengender Tag vor ihr und sie wusste, dass ihr nur genügend Schlaf helfen würde, diesen zu überstehen.

Doch solange sie auch versuchte, einen Weg in den Schlaf zu finden, es wollte ihr nicht gelingen.

Lange dachte sie über Adams Brief nach. Sie wollte sich mit niemandem treffen. Alleine war sie glücklicher. Die Gespräche der anderen langweilten sie, sie wurde deren immer mehr überdrüssig. Doch vielleicht sollte sie sich mit ihrer Mutter treffen. Ein Treffen mit ihr war längst überfällig. Dann hätte sie ihr Gewissen gleich doppelt erleichtert. Sie beschloss, sich morgen bei ihr zu melden.

Dann war da noch dieses P.S. Es war vorherzusehen gewesen, dass er nach dem Vergissmeinnicht fragen würde. Ein wenig war es ihr lästig, doch dann ermahnte sie sich selbst, dass genau das ihre Absicht gewesen war.

Nun musste sie ihm eine Antwort liefern.

Nach weiteren Minuten des Grübelns schlug sie die Bettdecke zurück, griff nach dem Brief, der auf ihrem Nachttisch lag, und setzte sich an den Sekretär im Wohnzimmer. Auf der Arbeitsfläche lag das Bild, dessen Bilderrahmen zersprungen war, daneben platzierte Cecilia den Brief, den sie nochmals überflog. Die letzte Zeile wurde von einem großen Blutfleck überdeckt, dessen ungefährer Mittelpunkt auf das Wort Vergissmeinnicht fiel.

Ja, er würde seine Antwort auf diese letzte Frage bekommen.

Liebster Adam,

Du fragtest nach dem Vergissmeinnicht. Dazu möchte ich dir eine Geschichte erzählen:

Das Mädchen war lange allein gewesen. Sie war es gewöhnt, allein zu sein und es machte ihr nichts aus. So war sie eben. Eine Einzelgängerin. Doch alles änderte sich für sie, als der Junge in die Stadt kam. Schon vom ersten Augenblick an hatte sie sich in ihn verliebt. Sie hatten noch kein Wort miteinander gewechselt, doch das Mädchen war sich sicher. Noch nie hatte sie ein solches Gefühl erfahren und trotzdem war sie sich sicher, dass es das sein musste, was die Großen Liebe nannten. Sie machte keinen Unterschied zwischen Verliebtsein und Liebe. Das konnte sie gar nicht. Deshalb war sie sich sicher, dass sie ihn liebte. Am ersten Tag, dem Tag seiner Ankunft, ging sie aufgewühlt nach Hause. Eigentlich wollte sie mit jemandem darüber reden. Es war die erste Situation seit langem, in der sie sich eine richtige Freundin gewünscht hatte. Stattdessen wartete nur ihre Mutter auf sie. Also behielt sie ihre Gedanken für sich. In der Nacht träumte sie von ihm.

Am nächsten Morgen in der Schule sprach er sie an. Sie wusste nicht, was sie sagen sollte, es kam kein Ton aus ihrer kleinen Kehle. Mit offenem Mund saß sie da. Als sie ihre Stimme wieder gefunden hatte, nach einer peinlich langen Pause, schaffte sie es gerade so, ihren Namen auszusprechen. Sie wusste, dass es kaum mehr als ein Flüstern gewesen war und dass es eigentlich kaum möglich war, dass er sie verstanden hatte. Doch er antwortete und sagte, dass das der schönste Name sei, den er seit langem gehört habe. Das wiederum war das schönste Kompliment, das sie bis zu diesem Zeitpunkt bekommen hatte.

Von nun an redeten sie jeden Tag miteinander. Sie trafen sich sogar. Zunächst nur zum gemeinsamen Lernen, doch aus den gemeinsamen Schularbeiten wurden Nachmittage bei ihr oder ihm zu Hause oder in der Eisdiele.

Das Glück dauerte nur drei Monate.

Dann kam der Tag, als der kleine Junge zu dem kleinen Mädchen kam und ihr sagte, er würde wieder gehen.

Für das Mädchen brach eine Welt zusammen, von nun an sollte sie wieder zum Alleinsein verbannt sein. Sie fiel ihm um den Hals, er versuchte sie zu trösten. Doch sie war untröstlich. Ihr einziger Freund, ihre Liebe, würde sie verlassen.

An dem Tag, an dem es galt, Abschied zu nehmen, kam er morgens zu ihr. Die Hände hatte er hinter dem Rücken, sie sah sofort, dass er etwas zu verstecken versuchte. Als er auf sie zukam, überreichte er ihr einen Strauß selbst gepflückter, blauer Wiesenblumen. Die letzten Worte, die er zu dem Mädchen sagte, bevor er ging, waren: „Diese Blumen sollen dich immer an mich erinnern. Ich will, dass du über eine Wiese gehst und wenn du dort diese blauen Blumen siehst, an mich denkst. Auch wenn wir uns nicht mehr sehen, sollst du mich nicht vergessen. Vergiss mein nicht."

Er küsste sie auf die Stirn und verschwand. Zunächst aus ihrem Blick, dann aus ihrem Leben.

Nun, lieber Adam, jetzt weißt du, woher die Bezeichnung für diese Blume kommt. Du sollst mich nicht vergessen, weißt du. Egal, wie verschoben Raum und Zeit zwischen uns ist.

In bedingungsloser Liebe
Cecilia

8

Die Erstsemester waren nicht sehr sorgfältig mit den Präparaten umgegangen. Jedes Jahr wird es schlimmer, dachte sich Adam. Er versuchte die durchtrennten Venen und Hautschichten wieder in eine gewisse Ordnung zu bringen. Vermutlich war das, was die Erstsemester hier praktiziert hatten das, was sie für richtig hielten. Doch Adam wusste, dass noch ein langer Weg des Lernens vor ihnen liegen würde. Ein lebender Mensch, ob in Narkose oder nicht, war etwas völlig anderes als eines dieser Präparate. Während die Geschichten dieser Menschen hier zu Ende gegangen waren, war es die Aufgabe eines guten Arztes, in die Geschichte seiner Patienten wieder Leben hinein zu bringen. Das war ein gewaltiger Unterschied. Adam hatte es am eigenen Leib erfahren.

Als er am Morgen Cecilias Brief im Briefkasten vorgefunden und diesen wie so oft noch auf der Türschwelle aufgerissen und verschlungen hatte, hatte er zwar jedes ihrer Worte verstanden, doch war er das beklemmende Gefühl nicht losgeworden, dass mehr dahinter steckte.

Er war gerührt von ihrer Erklärung des Nicht-Vergessens. Als ob er diese Frau je vergessen könnte. Er liebte sie wie keine andere und hatte ihr dies auch immer wieder unermüdlich gesagt. Cecilia wusste es und trotzdem stieg in ihm das ungute Gefühl auf, dass sie an seiner bedingungslosen Liebe leise Zweifel haben könnte.

Nachdem er das Haus verlassen hatte, hatte er noch einiges erledigt und war anschließend in die Bibliothek gegangen. Als er wieder an dem kleinen Tisch saß, seine Unterlagen vor sich, überfiel ihn die Unruhe. Er hielt es kaum mehr aus, dort in dem großen Raum mit den vielen Leuten und der drückenden Stille. Die Unruhe trieb ihn hinaus, draußen saßen einige junge Leute zusammen, er fragte nach einer Zigarette und als er den Rauch in seiner Lunge spürte, konnte er sich für einen Moment entspannen. Er wusste, es war nicht gut, wenn er rauchte. Allein seines Berufes wegen. Doch man kommt an den Punkt, wo einem klar wird, dass die Professoren sich selbst auch nicht an ihre gepredigten Regeln hielten. Man kommt an den Punkt, wo der Stress, die Nervosität, angsteinflößender wird, als das bekannte Risiko.

Er hatte keine Wahl, er konnte nicht zurück an seinen Tisch. Somit war er schließlich im Saal der Leichen gelandet. Hier hatten seine Hände etwas zu tun und in seinem Kopf war neben den medizinischen Erkenntnissen, die er hier nochmals vertiefen konnte, trotzdem noch etwas Platz für die Gedanken an sie.

Neben dem Tisch, auf dem die Person lag, es war ein Mann, hatte Adam Cecilias Brief platziert. Immer wieder hielt er nun inne, um die Zeilen nochmals zu überfliegen. Er war darauf bedacht, seine Hände stets über dem reglosen Körper zu lassen, doch dann tropfte doch etwas von dem Formalin auf das Papier.

Als er sich wieder zum Gehen aufmachte, fiel ihm plötzlich die erschreckende Ähnlichkeit auf. Der Mann, der vor ihm auf dem kalten Metalltisch lag und in dessen Körper Adams Hände steckten, könnte sein nicht vorhandener Bruder sein. Die Gemeinsamkeiten, besonders in den Gesichtszügen, waren unverkennbar. In plötzlicher Eile packte er seine Sachen zusammen und verließ das Gebäude.

Am Abend hatte er den Brief wieder in der Hand. Adam schien den Todesgeruch, der sich in dem Papier festgesetzt hatte, nicht zu bemerken. Vielleicht war er schon zu abgehärtet.

Je öfter er die Worte Cecilias las, umso sicherer wurde er sich, dass nun die Zeit gekommen war. Er müsste nur noch das Flugticket buchen und dieses seiner geliebten Freundin zukommen lassen. Dann würde seinem Antrag nichts mehr im Wege stehen und er konnte Cecilia bald seine Frau nennen.

Liebste Cecilia,

deine Geschichte hat mich zutiefst gerührt. Ich habe sie mehrmals gelesen, nein, mehrmals reicht gar nicht aus, ich habe sie ununterbrochen vor mir gehabt. Lange habe ich über die geschriebenen Worte nachgedacht, sie auf mich wirken lassen.

Cecilia, ich hoffe, du bist dir dessen bewusst, dass ich dich niemals vergessen könnte. Meine Gedanken sind Tag und Nacht bei dir, ich male mir in lebhaften Bildern aus, was du tust, wie du aussiehst. Ich vermisse dich. Ich vergesse dich nicht. Niemals.
Ich möchte nicht, dass auch nur einmal ein Gedanke in dir aufkeimt, der das Gegenteil bedeuten könnte.
Lass dich auf den Gedanken ein, dass du mein Ein und Alles bist! Daran ändert sich nichts.

Meine Liebste, ich vermisse dich sehr. So sehr, dass es an manchen Tagen kaum auszuhalten ist. Ich sehne mich nach allem an dir. Nach deinem Geruch, deiner Stimme, deinem Körper, deiner Intelligenz, deinem Lachen. Seitdem wir ein Paar sind, weiß ich erst, was mir zuvor im Leben gefehlt hat: eine Frau wie dich an meiner Seite.
Ich halte es nicht länger ohne dich aus. Ich habe Angst, dass du dir Gedanken machst, die dich ungewollt von mir entfernen.

Bitte lass dich von mir hierher einladen, um dir das Gegenteil deutlicher als je zuvor zu zeigen.

Ich habe dir schon ein Flugticket gekauft, du musst nur noch das frühestmögliche Datum des Abfluges heraussuchen.

Melde dich so schnell es geht und sage mir, wann ich dich erwarten kann!

Ich liebe Dich und kann es kaum erwarten, dich wieder in meine Arme zu schließen.

Adam.

9

Cecilia saß am Flügel im Proberaum der Musikschule. Sie hielt Adams Brief in ihren Händen und blickte durch die große Fensterfront in die Ferne. Sein Brief stimmte sie melancholisch. Er schrieb ihr zwar die schönsten Zeilen, doch signalisierte er ihr damit auch die von ihr geahnte und befürchtete Unwissenheit, die sie zum Festhalten an ihrem Plan zwingen würde.

Sie hatte ihm diese Geschichte geschrieben, ihm Anhaltspunkte gegeben und trotzdem waren da diese Gedanken an die Vergangenheit, von denen sie besessen war.

Nun wollte er, dass sie zu ihm flog. Eigentlich sollte sie an dieser Stelle absolute Glückseligkeit spüren, doch da war noch etwas anderes. Ihr Plan war es gewesen, dass sie die Zeit bis zu dem Wiedersehen, von dem an sie ein gemeinsames Leben vor sich hatten, mit Briefen überbrücken würden. Dieses Flugticket machte ihr dabei einen Strich durch die Rechnung. Es gehörte nicht zu ihrem Plan.

Als einer ihrer Schüler den Raum betrat, mahnte sie sich zur Konzentration. Die Stunde verlief gut und auch der übrige Unterricht, den sie an diesem Tag gehalten hatte, verhalf ihr zu einem klareren Kopf. Zumindest fiel es ihr so leichter, ihre Gedanken in Zaum zu halten. Hier tat sie das, was sie konnte. Spielen und Unterrichten. Zwei Dinge in ihrem Leben, die ihr nach wie vor ein Gefühl von Sicherheit gaben. Sie hatte selbst das Zepter in der Hand, sie war die Herrin ihrer Pläne.

Mit diesem Wissen verließ sie am späten Abend die Musikschule.

Auf dem Korridor begegnete Cecilia dem älteren Mann mit dem gedrungenen Körper. Seine Erscheinung war ihr unangenehm, sie konnte ihm nur schwer in die Augen blicken. Jede Sekunde der Begegnung mit einer solchen Person war für Cecilia eine Probe, eine Qual.

Der kleine Mann, der Leiter der Musikschule, teilte ihr wild gestikulierend mit, dass das Konzert am Wochenende abgesagt sei. Eine Krankheitswelle, zu viele Schüler würden fehlen. Cecilia, die das Auftreten dieser Person nicht mehr auszuhalten vermochte, trat einige Schritte zurück, bedankte sich für die Information und eilte den Korridor in die entgegengesetzte Richtung hinunter.

Als sie außer Sichtweite war, ärgerte sie sich. Der Ausgang lag in der anderen Richtung, der

Richtung, die ihr Gegenüber versperrt hatte. Wieder einmal hatte sie ihrem Fluchtinstinkt nachgegeben.

Ihr Puls ging schnell, für einen Augenblick musste sie sich an die weiße Wand lehnen, um den aufkommenden Schwindel zu besiegen. Nach einigen Augenblicken hob sie den Kopf, die Haarsträhnen klebten ihr im Gesicht. Links von ihr sah sie eine Notausgangstür, sie zögerte einen Moment, als sie das leuchtende Schild über der Tür erblickte, dann ging sie direkt auf die Tür zu und gelangte durch diese auf eine Feuertreppe. Sie trat an die frische Abendluft und blickte nach unten.

Was hatte sie schon zu verlieren? Dann würde sie ihren Plan eben anpassen.

Sie beschloss, die Stufen, den Umweg, zu nehmen und ihm eine letzte Chance zu geben.

Als sie die Metalltreppe vorsichtig hinabstieg, mit einer Hand stets das Geländer umklammernd, sorgsam darauf bedacht, nicht zu stürzen, dachte sie über das Schicksal nach. Oder darüber, was den schmalen Grat zwischen Schicksal und Zufall ausmachte.

Adam,

ich danke dir für deine schönen Worte. Über die Worte hinaus danke ich dir für das Ticket, welches mir ermöglicht, zu dir zu kommen. Danke für die Einladung!

Ich kann es kaum erwarten, dich zu sehen und mich von dir in die Arme schließen zu lassen.

Ich teile dir hiermit also mit, dass ich schon dieses Wochenende kommen werde. Das Schülerkonzert, welches da eigentlich stattfinden sollte, wurde soeben abgesagt. Ich muss mir also nicht extra frei nehmen oder Veranstaltungen absagen. Hoffentlich kommt dir das nicht zu plötzlich, aber mir erscheint es als die beste Möglichkeit. Außerdem haben wir beide so keine weitere Zeit mit Warten zu vergeuden.

Soeben habe ich den passenden Flug gebucht. Ich fliege noch am Freitagabend, sodass wir zwei Nächte zusammen verbringen können. Leider muss ich schon am Sonntag zurück, wie du weißt habe ich unter der Woche meine festen Termine.

Laut Plan lande ich also am Freitag um 19:15 Uhr nach Ortszeit. Da ich kaum glaube, dass ich noch einen weiteren Brief vor unserem Wiedersehen von dir erhalte, gehe ich davon aus, dass du mich vom Flughafen abholst. Terminal 5.

Ich liebe dich, Adam, bis in vier Tagen also!
In aufgeregter Vorfreude
Cecilia

10

Vier Tage später, welche Cecilia mit ihrer gewöhnlichen Arbeit und darüber hinaus mit dem Ausmalen des Wiedersehens mit Adam verbracht hatte, saß sie im Flugzeug. Sie hatte Glück und einen Platz am Fenster. Zwar war ihr beim Fliegen nicht immer ganz wohl, doch liebte sie den Blick über die Wolken.

Während sie darauf wartete, dass der Flieger startete, hing sie ihren Gedanken nach. Wie sie vorhergesehen hatte, hatte sie nichts mehr von Adam gehört, was aufgrund der Entfernung und Zeit auch kaum möglich gewesen wäre. Trotzdem hatte sie nun ein flaues Gefühl im Magen. Hoffentlich hatte er ihren Brief auch erhalten und wusste Bescheid. Es gab kaum etwas, was sie mehr hasste als unorganisierte Dinge. Alles brauchte seine Ordnung.

Cecilia war gespannt, was sich an diesem Wochenende ereignen würde. Das Bewusstsein darüber, dass es zwei entscheidende Tage waren, spaltete ihre Gefühlswelt.

Eine zaghafte Stimme und ein leichtes Zupfen an ihrem Ärmel holte sie aus ihrer Grübelei.

Die Kleine, die neben ihr Platz genommen hatte, fragte sie, ob sie aus dem Fenster schauen könne. Cecilia, deren Herz schon immer für Kinder schlug, machte bereitwillig Platz und freute sich über den glücklichen Gesichtsausdruck des Mädchens, als dieses aus dem Fenster blickte.

Ungeduldig drehte sie sich um und fragte die Frau neben sich, die ihre Mutter sein musste, wann es endlich losginge.

Kaum war die Frage ausgesprochen, setzte sich das Flugzeug in Bewegung.

Der kurze Flug war abwechslungsreich, Cecilia stand völlig im Bann des Kindes zu ihrer Linken. Schon lange hatte sie sich nicht mehr so normal mit einer erwachsenen Frau wie der Mutter der Kleinen unterhalten können.

Innerlich spürte sie, dass sie selbst auch den dringenden Wunsch nach einem Kind hegte. Im selben Atemzug, wie ihr dieser Gedanke gekommen war, ermahnte sie sich, dass diese Erkenntnis sie nicht beeinflussen dürfe. Für sie stand die bedingungslose Liebe an erster Stelle.

Kaum eine Stunde nach Abflug setzte das Flugzeug schon zur Landung an. Cecilia spürte, wie die Nervosität zunahm und hatte damit zu kämpfen, ruhig weiter zu atmen.

Nur noch wenige Minuten trennten sie von ihm.

11

Das Treiben am Flughafen Heathrow war an diesem Tag bunt wie immer. Überall eilten die Leute durch die großen Hallen, Kinder schrien, die Eltern versuchten sie zur Ruhe zu bringen, Geschäftsleute mit Handy am Ohr suchten den schnellsten Weg durch die Massen. Inmitten dieser Scharen von Menschen befand sich ein Mann, der in freudiger Anspannung hinter der Absperrung von Terminal fünf wartete. Sein Blick hüpfte wie wild von einem Gesicht zum nächsten, in der Hoffnung, eine ganz bestimmte Person erblicken zu können.

Auf der anderen Seite der Absperrung von Terminal fünf hob eine zierliche Frau ihre Reisetasche vom Gepäckband, sie war nicht sonderlich schwer, es befand sich nur Gepäck für zwei Tagen darin. Die junge Frau schulterte ihre Tasche und lief mit wackeligen Knien zum Ausgang.

Für Passanten mag es wohl ausgesehen haben, als spiele sich dort nur eine gewöhnliche Wiedersehensszene ab. Ein Mann und eine Frau, die sich nach langer Zeit wieder überglücklich in die Arme fallen. Küsse und innige Blicke.

Tatsächlich hatte das Wiedersehen zwischen Adam und Cecilia viel von einer solchen Szene.

Doch da war noch mehr. Zwischen ihnen lagen die Distanz, die Vergangenheit sowie die Zukunft und zahlreiche nicht ausgesprochene Sätze. Doch sie liebten sich und das war das einzige, was in diesem Moment zählte.

Adam nahm Cecilia die Tasche ab und gemeinsam machten sie sich auf den Weg zu Adams Apartment. Händchenhaltend liefen sie zum Taxistand und ließen auch auf der Rückbank des Taxis nicht voneinander los.

Cecilia, ich habe dich so sehr vermisst. Ich bin überglücklich, dich hier zu haben.

Verliebte Sätze schwebten leicht wie Federn durch die dicke Luft des fahrenden Autos.

Cecilia fühlte sich, als sei sie in eine große Blase gehüllt, abgeschottet von der Außenwelt. Nur sie und er. Zunächst dachte sie, es läge an dem kleinen Auto, welches sich langsam durch die Straßen schob, doch das Gefühl sollte das ganze Wochenende nicht von ihr loslassen. Im Nachhinein fragte sie sich, ob ihr diese Blase Sicherheit und Geborgenheit gegeben oder ob sie sie eingeengt und gefangen gehalten hatte.

Doch in diesem Moment, wo sie außer der Schönheit seines Gesichtes und seinen warmen Armen nichts zur Kenntnis nahm, fühlte sie sich einfach nur geborgen. Geborgen, an dem Ort, wo sie Liebe fühlen konnte.

Adam war wie immer verzaubert von der Schönheit seiner Freundin und konnte seinen Blick nicht einen Augenblick von ihr abwenden. So lange hatte er wieder darauf gewartet, sie bei sich zu haben, nun schien es ihm unerträglich, so lange von ihr getrennt gewesen zu sein. Er konnte nicht ohne sie. Er begehrte sie, wie er nie geglaubt hatte, eine Frau begehren zu können. Doch da saß sie nun mit ihm auf der Rückbank dieses Autos. Und er wusste, er würde sie niemals ohne Schmerz loslassen können.

12

In seiner Wohnung hatte sie gleich nach ihrer Ankunft geduscht. Sie mochte das Gefühl von Reise auf ihrer Haut nicht. Als das warme Wasser über ihren Körper lief, realisierte sie langsam, dass sie wirklich hier war. Hier, bei ihm.

Die Wohnung war ganz anders als die ihre und trotzdem fühlte sie sich hier wie zu Hause. Sie wusste, dass es an seiner Anwesenheit lag.

Als sie das Wasser abgedreht und ihr Handtuch um ihren nassen Körper gewickelt hatte, hatte sie es plötzlich sehr eilig, zu ihm zu kommen. Schnell trocknete sie sich das Haar, zog sich an und ging in die Küche. Dort fand sie Adam beim Kochen vor. Er kochte chinesisch, weil er wusste, dass sie es sehr mochte.

Adam hörte Cecilia nicht, als sie in den Raum kam. Ihre Anwesenheit spürte er einfach. Es brauchte nicht mehr, es war wie ein sechster Sinn, der ihm sagte, dass sie nun da war. Er hoffte, dass sie Hunger hatte. Manchmal, das wusste er, aß sie viel zu wenig. Dann sagte sie, sie habe keinen Hunger und er fragte nicht weiter. Doch er wusste, dass es andere Ursachen waren. Keinen Hunger und keinen

Appetit zu haben waren zwei unterschiedliche Dinge.

Doch er mochte es, sie zu bekochen, ihr etwas Gutes zu tun, für sie da zu sein. Er wollte sie auf Händen tragen, solange sie da war. Und morgen würde er sie fragen.

Sie hatten gemeinsam gegessen und zu Adams Freude hatte Cecilia von der Reise einen guten Appetit mitgebracht. Sie entschuldigte sich fast, als sie nochmal aus der Pfanne schöpfte.

Adam freute es, sie so vital zu sehen. Ihre Wangen waren leicht gerötet, ihre Augen leuchteten, sie aß mit gutem Appetit.

Es dauerte nicht lange und sie begaben sich von dem kleinen Esstisch aus ins Schlafzimmer.

Die Zeit ohne körperliche Nähe war zu lange gewesen, beide Körper sehnten sich nacheinander.

Nachdem Adam erschöpft auf ihr gelegen und dabei versuchte hatte, sich so gut wie möglich aufzustützen, erhob er sich und legte sich neben seine Freundin. Sie hatten sich lange nicht gesehen und die Briefe reichten nicht aus, um all das zu erzählen, was sie sich zu sagen hatten. Das merkten die beiden jetzt deutlich. Er genauso wie sie, die nach wie vor davon überzeugt war, an ihrem Plan festzuhalten. Stundenlang lagen sie im Bett und redeten. Sie redeten über die Zukunft, darüber, dass er nur noch wenige Wochen für seine Arbeit brauchte. Und sogar die sonst so zurückhaltende Frau schien in seiner Anwesenheit deutlich aufzublühen, lachte und konnte sich fallen lassen. Eine Seite, die eigentlich nur der Mann ihr gegenüber kennen dürfte.

Es gab nur zwei Themen, bei denen je einer von ihnen empfindlich wurde. Zum einen war es das Fortführen der Briefe, zum anderen die Vergangenheit.

13

Cecilia hatte vorgeschlagen, dass sie einen Bummel durch die Stadt machen könnten. Adam willigte ein, weil er wusste, dass seine Freundin nicht gerne den ganzen Tag im Bett zubrachte. Ihm wäre sehr wohl dazu zu Mute gewesen, er konnte kaum von ihr lassen.

Sie liefen also Hand in Hand durch die Stadt. Wenn sie an einem Musikgeschäft vorbei kamen, konnte Cecilia nicht einfach weiterlaufen. Dann überkam sie eine kindliche Begeisterung, die ihr Freund sonst nie an ihr sah, und lief in den Laden. Meist bestaunte sie nur die großen Flügel, setzte sich an den ein oder anderen und spielte eine komplizierte Melodie. In Adams Ohren hörte es sich immer fantastisch an, wie verzaubert stand er hinter ihr und lauschte den Klängen. Es dauerte nie lange, bis von Cecilias Spiel einer der Mitarbeiter angelockt wurde. Doch dann erhob sich Cecilia lächelnd und verließ den Laden ohne ein weiteres Wort. Danach dauerte es meist ein paar Minuten, bis sie wieder aus ihrer eigenen Welt auftauchte. Doch Adam war geduldig, er liebte jede Facette ihrer Person.

Cecilia spürte, dass Adam von einer seltsamen Aufgeregtheit umtrieben wurde. Ihr sonst so ausgeglichener Freund schien irgendwie nervös. Eigentlich war es kaum zu spüren, doch sie meinte zu erkennen, wie sie ihn, wenn sie etwas sagte, immer wieder aus tieferen Gedanken riss.

Zunächst machte es ihr nichts aus, Adam war zuvorkommend wie immer, doch als es sich selbst gegen Mittag nicht besserte, übertrug sich diese Nervosität auf sie selbst. Auf die Frage, was mit ihm los sei, schüttelte er nur den Kopf, sagte, es sei nichts und gab ihr einen Kuss auf den Mund oder auf die Stirn. Doch Cecilia wusste, dass er etwas vor ihr verbarg. Etwas beschäftigte ihn unterschwellig. Je länger sie darüber nachdachte, desto gefährlicher erschien ihr die Situation.

Als sie in einem kleinen Café saßen, hielt sie es nicht länger aus. Sie entschuldigte sich und verschwand auf die Toilette. Sie betrachtete ihr Spiegelbild und wusste nicht, was sie über Adams Verhalten denken sollte. Doch eines wusste sie und das war, dass sie ihn liebte. Und zwar so sehr, dass es zu viel war.

Am Abend lud Adam sie zum Essen ein. Er bestand darauf, dass sie Abendgarderobe trug und trug selbst einen Anzug, der ihm wie für ihn geschneidert passte. Als sie vor dem kleinen, schicken Restaurant standen, traf es Cecilia plötzlich wie ein Schlag.

Ihre Vorahnung bestätigte sich, als sich Adam nach dem sündhaft teuren Hauptgang von seinem Stuhl erhob, ihre Hand in die seine nahm, vor ihr niederkniete und eine kleine Schatulle aus seiner Jackettasche zog.

14

Am nächsten Tag, dem Tag der Abreise, wachte Adam als erster auf. Glückselig sah er, wie die Morgensonne Cecilias helle Haut bestrahlte und wie friedlich sie schlief. Er ließ seinen Blick auf ihr ruhen und betrachtete den filigranen Ring an ihrer Hand, welche sie unter ihren Kopf gelegt hatte. Den ganzen gestrigen Tag war er von einer Nervosität geplagt gewesen, hatte immer wieder mit dem Gedanken zu kämpfen gehabt, was er wohl tun würde, wenn sie ablehnte. Doch dann war der Moment gekommen gewesen und er hatte es einfach getan, hatte die Frage gestellt, die ihm seit Wochen durch den Kopf gegangen war. Der kurze Moment des Zögerns war wohl auf die Überraschung zurückzuführen, denn danach hatte er die Antwort bekommen, die er hören wollte.

Als Cecilia aufwachte, blickte sie direkt in die aufmerksamen Augen ihres Verlobten. Die Ereignisse des gestrigen Tages holten sie schnell wieder ein, sie spürte das leichte Gewicht des Ringes an ihrem Finger.
Sogleich beugte sich Adam zu ihr herunter und küsste sie.

Ich liebe dich. Ich liebe dich auch.

Ein Morgen, wie er im Bilderbuch nicht schöner beschrieben sein könnte.

Beim Frühstück nannte Adam den Termin der Abgabe seiner Arbeit. Es waren nur noch acht Wochen bis dahin. Er sagte, danach wolle er das Versprechen, dass er ihr gestern mit dem Ring symbolisch gegeben hatte, so schnell wie möglich wahr machen.

Cecilia realisierte, dass also nur noch wenige Wochen vergehen sollten, bis sie den Mann, den sie liebte, heiraten sollte.
Diese Erkenntnis versetzte sie in Hochstimmung und ließ sie zugleich in Unruhe verfallen.
Es bedeutete, bei ihrem nächsten Wiedersehen würde sie im weißen Kleid ankommen.

Der Vormittag verging schnell und schließlich war es Zeit, zum Flughafen aufzubrechen.
Adam brachte die Frau an seiner Seite nur ungern wieder dorthin, es bedeutete, wieder einmal Abschied zu nehmen. Doch diesmal war das nächste Wiedersehen absehbar. Dieses Wissen stimmte ihn etwas ruhiger.
Cecilia ließ sich ein letztes Mal in Adams Arme fallen. Sie gab sich ihm hin, spürte seine Präsenz und wollte nichts mehr als das.

Erst als sie durch die Sicherheitskontrolle ging, beschäftigte sie sich mit der Sache, die klar und deutlich auf der Hand lag: Sie liebte ihn und es war seine letzte Chance gewesen.

15

Zunächst wusste der junge Mann nicht, was er tun sollte. Seine Wohnung erschien ihm leer, er selbst fühlte sich leer. Nun war sie also wieder weg, er war wieder alleine. Schlimmer als das Alleinsein war das Gefühl der Einsamkeit. Wieder diese Ländergrenzen zwischen ihnen, wieder nur Briefe. Der einzige Gedanke, der ihn tröstete war, dass es absehbar war.

Natürlich war da auch diese Freude darüber, dass er es endlich getan hatte. Und vor allem die Gewissheit, dass ihm die Entfernung nun nichts mehr anhaben konnte. Sie gehörte zu ihm, das hatte sie ihm mit dem einen Wort versprochen.

Den Rest des späten Nachmittags verbrachte er damit, seinen Schreibtisch aufzuräumen. Es lenkte ihn ab und es war zugleich etwas Nützliches, eine sinnvolle Tat in Anbetracht seines Zustands. Er ordnete alle Unterlagen und legte das Briefpapier an oberste Stelle.

Irgendwann gegen Abend hielt er es nicht länger in seiner Wohnung aus. Er zog sich an, schloss die Tür hinter sich und trat aus dem Haus. Sein Weg endete, ohne weiter darüber nachgedacht zu haben, in einem alten Diner ein paar Straßen weiter. Erst als er an einem der kleinen Tische saß, spürte er, dass er tatsächlich Hunger hatte.

Er bestellte Pasta, allein der Gedanke daran ließ ihm das Wasser im Mund zusammen laufen. Es dauerte nicht allzu lange, bis die kleine schwarzhaarige Kellnerin ihm seinen Teller brachte. Auf dem Teller befand sich ein blutiges Steak, keine Spur von Pasta.

Nun hatte sie also einen Ring am Finger stecken. Den ganzen Flug über war sie sich noch wie in dieser umhüllenden Blase vorgekommen. Alles war weit weg von ihr gewesen, um sie herum eine Stille, nicht einmal viele Gedanken. Alles war wie lahmgelegt gewesen.

Je näher sie ihrer Wohnung kam, desto mehr drang sie wieder in die Realität ein. Das Wochenende kam ihr mehr und mehr vor wie ein Traum.

Der Ring war das, was sie sich immer ausgemalt und gewünscht hatte. Jetzt war es soweit, überrascht hatte er sie. Gerechnet hatte sie damit nicht. Als er vor ihr nieder gekniet war, hatte ihr Herz einen Schlag ausgesetzt. Innerlich hatte es sie zerrissen. Die eine Stimme zog sie zu ihm hin, die andere, mit der sie eine Abmachung hatte, weit weg von ihm. Doch die erste Stimme war in diesem kurzen Augenblick lauter gewesen, sie selbst zu schwach, um zu widerstehen.

Ihr Plan war völlig aus den Fugen geraten. Zum Guten, sagte sie sich immer wieder. Alles ist so, wie du es immer wolltest.

Als sie ihre Tasche auf dem Bett abgestellt hatte und sich auf dem Stuhl vor dem Sekretär niederließ, fiel ihr Blick direkt auf das Bild.

Mit einem Schlag war sie direkt zurück in der Realität. Sie hatte eine Abmachung mit sich selbst, und diese galt es einzuhalten.

Der kleine Junge konnte sich noch immer nicht erinnern und würde es niemals tun. Er würde es niemals wieder gutmachen können, die Zeit war abgelaufen.

16

Meine liebste Cecilia,

ich schreibe dir schon so bald, eigentlich direkt nach deiner Abreise, weil ich dich trotz der nicht allzu langen Trennung, die vor uns liegt, vermisse. Weißt du, jetzt warst du gerade erst hier und trotzdem ist es mir nicht genug. Ich werde nie genug von dir bekommen. Es sind nur diese zwei Tage gewesen, zwei wunderschöne Tage, von denen ich jede Sekunde genossen habe. Ich weiß einfach, dass zwei Tage zu kurz sind. Das, was ich brauche, ist ein ganzes gemeinsames Leben mit dir. Das ist das, was ich mir wünsche.

Ich hoffe, dass ich diesen Wunsch durch meinen Antrag deutlich zum Ausdruck bringen konnte. Du kannst dir nicht vorstellen, wie nervös ich davor war! Allein diesen einen Satz, diese eine Frage auszusprechen, hat mich unendlich viel Überwindung gekostet. Und dann das kurze Zögern deinerseits. Natürlich brauchtest du einen kurzen Moment, um es dir zu vergegenwärtigen. In diesem kurzen Moment hatte ich wirklich Angst, du könntest ablehnen. Aber du hast ja gesagt!

Ohne dich ist hier wieder alles leer. Du weißt, dass ich nicht der geselligste Mensch bin, ich brauche nicht immer Leute um mich herum. Aber was ich eben brauche, bist du. Ich kann es kaum erwarten, mit dir zusammen zu ziehen, jeden einzelnen Tag neben dir aufzuwachen, dir am Morgen in deine verschlafenen, wunderschönen Augen zu sehen, dich jeden Morgen zur Begrüßung küssen zu können.

Die Gespräche mit dir fehlen mir auch sehr. Ich weiß, dir ist es wichtig, an den Briefen festzuhalten, und das akzeptiere ich auch. Du weißt, dass es mir selbst schwer fällt, aber ich tue es für dich, es scheint dir wirklich wichtig zu sein. Aber ich denke, dass du mir zustimmst, dass diese Briefe, so schön und romantisch sie auch sein mögen, unsere tiefgehenden Gespräche nicht ersetzen.

Ich liebe deine philosophische Art, wie du über Dinge reden kannst, analysieren kannst und in den Kosmos eintauchst und mich auf deine Reise dorthin mitnimmst.

Cecilia, ich werde jetzt versuchen, mich so gut wie möglich zusammenzureißen. Es gibt hier viele Dinge, die ich zu erledigen habe und die fertig gemacht werden müssen. Ich werde mich die nächsten Wochen in Arbeit stürzen, aber in jeder freien Sekunde werden meine Gedanken nur dir gelten.

Ich freue mich wie ein kleines Kind darauf, von dir zu hören, meine Liebste. Ich liebe Dich.

Adam.

Liebster Adam,

Ich bin wieder gut in Frankreich angekommen. Der Flug war ohne Turbulenzen und es hat alles gut geklappt.

Aber auch meine Wohnung kam mir schrecklich leer vor. Es ist schwierig, sich nach zwei so schönen Tagen in Zweisamkeit wieder in den Alltag einzufinden.

Jedoch läuft meine Woche bisher ganz gut, die Schüler machen gute Fortschritte, am Wochenende steht ein kleiner Auftritt an. Nichts Großes, aber es werden viele wichtige Leute da sein. Schade, dass du nicht dabei sein kannst. Ich freue mich sehr auf die Zeit, wenn ich dich von der Bühne aus im Publikum erspähen kann und wir den Triumph danach gemeinsam feiern können.

Solche Szenen stelle ich mir gerne vor. Szenen der Zukunft, Szenen mit dir an meiner Seite.

Ich weiß, dass die Leute nicht verstehen, dass ich so lange auf dich warte und das Leben führe, das ich eben führe. Sie können es auch nicht verstehen, dazu sind sie nicht fähig, das weiß ich. Sie kennen uns nicht, kennen die Chemie zwischen uns nicht, fühlen das Knistern nicht. Ich glaube, dort draußen gibt es viele Beziehungen, die funktionieren. Aber ich glaube auch, dass nur die wenigsten diese Magie kennen, wie ich sie zu kennen glaube.

Die große Liebe zu finden ist etwas Besonderes, es passiert nur einmal im Leben. Ich habe sie gefunden.

Seitdem ich den Ring an meinem Finger trage, stelle ich mir oft vor, wie es sein wird, wenn wir vor dem Altar stehen. Adam, wir werden doch kirchlich heiraten? Das wäre mir wichtig. Ich möchte ein weißes Kleid tragen, einen Schleier und ein schönes Fest haben. Ein kleines Fest, kein großes, nur damit wir spüren, es gibt etwas zu feiern.

Hast du dir schon genauere Gedanken darüber gemacht? Bitte teile sie mir mit.

In Liebe
Cecilia

Cecilia legte den Stift beiseite und atmete scharf aus. Es fiel ihr nicht leicht, so zu schreiben. Sie fragte sich, wie lange das noch so gehen würde, sie durfte es nicht weiter zulassen.

Meine Liebe,

Vielen Dank für deine schnelle Antwort. Es beruhigt mich zu wissen, dass du gut angekommen bist. Ich mache mir immer Sorgen. Es ist nicht gut, das weiß ich und eigentlich steht es mir auch nicht zu, schließlich bist du eine erwachsene Frau. Aber wenn ich deine Zartheit sehe, die Verletzlichkeit, dann kann ich nicht anders. Ich muss für dich sorgen und mich um dich sorgen, ich bin der Mann an deiner Seite.

Auch bei mir hat also der Alltag wieder angefangen. Ich verbringe die meiste Zeit vor dem Computer und schreibe an meiner Arbeit. Es geht schneller voran als noch vor unserem gemeinsamen Wochenende. Trotzdem scheint es mir zu lange. Ich habe das dringende Bedürfnis, es zu Ende zu bringen und mich anderen Dingen zuzuwenden.

Cecilia, natürlich werden wir kirchlich heiraten. Der Segen Gottes ist mir, was das angeht, genauso wichtig wie dir. Die Liebe ist etwas Göttliches, etwas, das mit Worten manchmal schlecht erklärt werden kann, umso mehr muss man es spüren. Die Kirche ist der richtige Ort hierzu.

Was hältst du von dem 6. Oktober für die Heirat, das ist der Samstag, nachdem ich meine Arbeit abgegeben habe.

Wo möchtest du heiraten? Hier oben im Norden oder bei dir, wo wir unsere gemeinsame Zukunft haben werden?

In bedingungsloser Liebe,
Adam

Adam,

es freut mich zu hören, dass es mit deiner Arbeit voran geht. Das sind immer gute Nachrichten, weil sie bedeuten, dass unsere gemeinsame Zeit näher rückt.

Mit dem Datum, welches du genannt hast, bin ich einverstanden.

Es fühlt sich an, als hätte ich endlich etwas zum Greifen, etwas, an dem sich die Tage abzählen lassen. Es tut gut zu wissen, dass es absehbar ist.

Mir ist es eigentlich egal, wo die Hochzeit stattfinden soll. Solange wir danach zusammen hierher kommen, in meine Heimat, ist es mir egal. Wie es für dich am geschicktesten ist. Ich möchte dir keine Umstände bereiten.

Als ich heute Morgen aus dem Fenster geschaut habe, saß auf dem Baum direkt gegenüber ein kleines Eichhörnchen und hat mich angeschaut. Es war wunderschön, Adam, es sah sehr zahm aus und trotzdem spiegelte sich die Wildnis in jeder Faser seines kleinen Körpers. Es saß auf dem Ast, erst regungslos, seine scheuen Augen weiteten sich, dann kam es sogar ein Stück näher! Ich traute mich kaum zu atmen. Dann plötzlich huschte es davon. Es kam mir vor, als sei es enttäuscht gewesen, dass ich in seinen Augen nicht auf es reagierte.

Ist das nicht eine schöne Geschichte? Ich musste sie dir einfach erzählen.
Wundere dich nicht über das Bild, das ich dir mitschicke. Kennst du dieses Kind, Adam?

In Gedanken bin ich bei dir und werde immer dir gehören.

Cecilia

Cecilia hatte lange überlegt, ob sie das kleine Bild von sich als kleines Mädchen in dem Umschlag stecken sollte oder lieber nicht. Sie konnte nicht anders, steckte es hinein, sie brauchte die absolute Gewissheit.

Cecilia, meine Liebste,

es freut mich zu hören, dass du mit dem genannten Datum einverstanden bist. Ich möchte keine Woche länger vergehen lassen als unbedingt nötig.

Ich denke, es wäre ganz schön, wenn wir hier heiraten würden. Dann könnte mein Vater auch dabei sein, er fliegt ungern. Aber im Prinzip spielt es keine Rolle. Er kann zur Not auch den Zug nehmen, nur wird es ihm schwerfallen, in das besagte Land zurückzukehren. Du weißt ja, seitdem Mutter tot ist, meidet er alles, was ihn an sie erinnert. Frankreich war ein großer Teil von ihr, ebenso, wie es eben bei dir ist.

Ich kann mir die Geschichte von deinem Eichhörnchen bildhaft vorstellen. Du und das kleine Geschöpf, getrennt nur durch eine Scheibe Glas. Vielleicht siehst du es ja mal wieder, Cecilia. Ich liebe deine Freude über kleine Dinge. Dinge, die manch ein anderer nicht registrieren würde. Aber du siehst sie und kannst dich daran erfreuen wie ein kleines Kind. Es ist hinreißend.

Die Züge des Mädchens auf dem Bild kommen mir bekannt vor. Es hat Ähnlichkeit mit dir, kann das sein? Aber kennen tue ich sie nicht, denke ich. Wer ist es denn?
Was treibt dich so um diese Tage, mein Schatz?
Ich liebe Dich.

Cecilia,

ich mache mir Sorgen. Das ist das erste Mal, dass ich keine Antwort von dir erhalte.
Hast du keine Zeit zu antworten? Es sind jetzt schon ungewöhnlich viele Tage vergangen.
Hast du meinen letzten Brief nicht bekommen? Ist er verloren gegangen?

Bitte melde dich!
In Liebe
Adam

PS: Anbei habe ich nochmals versucht zu schreiben, was ich im letzten Brief geschrieben hatte.

Liebe Cecilia,

was ist los? Ich mache mir ernsthaft Sorgen!
Ich habe mehrmals versucht, dich zu erreichen, telefonisch, per Mail, über das Handy. Nirgends erreiche ich dich. Auf meine Briefe bekomme ich auch keine Antwort.
Geht es dir gut? Ist etwas vorgefallen? Liest ein Fremder meine Briefe an dich?

Cecilia, wenn ich etwas falsch gemacht habe, bitte rede mit mir und schotte dich nicht ab. Ich liebe dich. Denke an unsere bevorstehende Hochzeit!

Ich werde nicht aufgeben zu versuchen, dich zu erreichen.

In großer Sorge
Adam

Cecilia,

ich verstehe es nicht. Du bist wie von der Bildfläche verschwunden. Hast du dein Telefon abgestellt? Ist dir etwas zugestoßen?

Mein letzter Brief an dich kam als unzustellbar zurück.

Deine Eltern sind ebenfalls unerreichbar.

Ich werde kommende Woche nach Paris fliegen.

Adam.

Cecilia,

soll es das gewesen sein?
Keine Briefe mehr. Keine Antworten auf nichts? Kein Telefon, kein Handy, keine Emails, keinen Kontakt über die Musikschule möglich?
Ich stand vor verschlossener Haustür. Auf den Klingeln war dein Name nirgends zu lesen.
Was ist passiert? Findest du nicht, ich habe ein Recht darauf zu erfahren, was los ist?

Diesen Brief schicke ich an die Musikschule und hoffe, dass er dich so erreicht, jetzt, wo du unauffindbar bist.

Ich habe alles in meiner Macht stehende getan.
Cecilia, ich liebe dich und werde dich immer lieben.
Deinen Verlust werde ich niemals verstehen. Vor allem, weil du ihn mir nicht erklären wolltest oder konntest.

Dies ist mein letzter Brief.

In trauriger Verlassenheit
Adam.

17

Die Frau, deren äußeres Erscheinungsbild ebenso zerbrechlich war wie ihre Persönlichkeit, hatte lange mit ihrem Gewissen zu kämpfen.

Sie liebte ihn nach wie vor und würde es immer tun. Das, was sie getan hatte, war unverzeihlich. Sie sagte sich, dass sie mit lebenslanger Trauer und Reue bezahlten würde. Doch sie hatte keine andere Wahl gehabt.

In ihrer neuen Wohnung fühlte sie sich nicht sehr wohl, aber trotzdem besser als in der alten, in der sie alles an ihn erinnerte.

Jetzt gab es nur noch eine einzige Erinnerung. Und das war das Foto, welches mittlerweile in einem neuen Rahmen steckte. Zahlreiche Kinderköpfe waren darauf zu sehen. Es war ein schönes Bild, nur über einem kleinen Körper fehlte der Kopf, ihr Kopf, den sie ausgeschnitten hatte, um ihn ihm zu schicken. Die Hand des Mädchens ohne Kopf hielt die Hand des Jungen, der neben ihr stand. *Seine* Hand.

Der Sommer neigte sich dem Ende zu, die Blätter färbten sich langsam bunt und fielen schließlich von den Bäumen. Sie schwebten zu Boden, taumelten und blieben dann reglos auf der Erde liegen.

Der nun erwachsene Junge hatte alles verloren, was ihm je wichtig gewesen war. Zunächst seine Mutter, dann seine Verlobte und schlussendlich seinen Lebenswillen.

Wie die Blätter lag er da und bewegte sich nicht mehr.

Draußen begann es zu regnen und nachdem es einige Tage durchgeregnet hatte, begann das Laub zu faulen.

Es war der 6. Oktober, ein schöner Oktobertag, so, wie sie es sich gewünscht hatten. Die Sonne strahlte und ließ die Natur leuchten.

Cecilia flog nach London und trug in der Kirche ein wunderschönes, pechschwarzes Seidenkleid.